O Imoralista

Título original:
L'Immoraliste

Tradução:
Jorge Melícias

Revisão:
Beatriz Morais

Capa:
FBA

Imagem de capa: retrato de André Gide
© Bettmann / Getty Images

Biblioteca Nacional de Portugal – Catalogação na Publicação

GIDE, André, 1869-1951

O imoralista. – 1.ª ed. – (Clássicos do século XX)
ISBN 978-989-9027-88-6

CDU 821.133.1-31"19"

Paginação:
Aresta Criativa – Artes Gráficas

Impressão:
Forma Certa

para
Minotauro
março de 2022

MINOTAURO, uma chancela de Edições Almedina, S.A.
Rua Fernandes Tomás, 76-80 – 3000-167 Coimbra – Portugal
E-mail: editoras@grupoalmedina.net

ANDRÉ GIDE

O Imoralista

MINOTAURO

A Henry Ghéon,
seu franco camarada.
A. G.

Eu te louvo, ó meu Deus, por me teres feito criatura tão admirável.

Salmos, CXXXIX, 14

PREFÁCIO

Tenho este livro pelo que ele vale. É um fruto cheio de cinza amarga; é como as coloquíntidas do deserto que crescem em lugares calcinados e que não oferecem à sede senão uma queimadura ainda mais atroz, mas que sobre a areia dourada não são sem beleza.

Se tivesse apresentado o meu herói como um exemplo, convenhamos que pouco teria conseguido; os raros que se interessaram pela aventura de Michel fizeram-no para o infamar com toda a força da sua bondade. Não foi em vão que adornei Marceline com tantas virtudes; ninguém perdoou Michel por não a ter preferido a si mesmo.

Se tivesse apresentado este livro como um libelo contra Michel, dificilmente teria conseguido algo mais; ninguém me ficou reconhecido pela indignação que sentiu pelo meu herói; parece que a teriam sentido independentemente de mim; de Michel essa indignação extravasou para mim; por pouco não me confundiram com ele.

Mas não quis fazer deste livro nem um libelo nem uma apologia e, por isso, abstive-me de julgar. O público, hoje em dia, já não perdoa que o autor, depois de pintar a ação, não se manifeste a favor ou contra; mais do que isso, em pleno desenrolar do

drama, quer que ele tome partido, que se pronuncie claramente por Alceste ou por Filinto, por Hamlet ou por Ofélia, por Fausto ou por Margarida, por Adão ou por Jeová. Não pretendo, evidentemente, que a neutralidade (ia dizer: a *indecisão*) seja a marca de um grande espírito — mas creio que a muitos dos grandes espíritos repugna bastante… tirar conclusões — e que a colocação correta de um problema pressuponha que ele esteja, de antemão, resolvido.

É a contragosto que emprego aqui a palavra «problema». Na verdade, em arte não existem problemas — para os quais a obra de arte não seja a solução suficiente.

Se por «problema» entendemos «drama», direi que aquele de que este livro trata, pelo facto de se desenrolar na própria alma do meu herói, não deixa de ser demasiado geral para ficar circunscrito à sua singular aventura. Não tenho a pretensão de haver inventado este «problema»; ele existia antes do meu livro; quer Michel triunfe ou sucumba, o «problema» continua a existir, e o autor não propõe como adquirido nem o triunfo nem a derrota.

Se alguns espíritos ilustres escolheram não ver neste drama mais do que a exposição de um caso estranho, e no seu herói um doente; se preferiram ignorar que algumas ideias muito incisivas e de grande interesse poderiam, no entanto, nele habitar, a culpa não é dessas ideias ou desse drama, mas do autor, e por isso entendo: da sua inaptidão — ainda que ele tenha aqui colocado toda a sua paixão, todas as suas lágrimas e toda a sua dedicação. Mas o interesse real de uma obra e aquilo que ela desperta num determinado público são duas coisas muito diferentes. Pode-se preferir, penso eu sem grande presunção, correr o risco de não interessar, de imediato, com coisas interessantes — a cativar, sem

qualquer hipótese de repercussão futura, um público apreciador de frivolidades.

De resto, não tentei provar nada, mas unicamente pintar bem e bem iluminar o meu quadro.

Ao Sr. D. R.,
Presidente do Conselho

Sidi b. M., 30 de julho de 1890.

Sim, tu tinhas razão: Michel falou connosco, meu querido irmão. A história que ele nos confiou, ei-la aqui. Tu havia-la pedido; eu havia-ta prometido; mas, no momento de ta enviar, hesito ainda, e quanto mais a releio mais terrível ela me parece. Ah, o que vais tu pensar do nosso amigo? Aliás, o que é que eu próprio pensei…? Devemos simplesmente reprová-lo, negando que seja possível reverter para o bem faculdades que se manifestaram cruéis? Mas muitos de nós hoje em dia, receio bem, ousariam reconhecer-se neste relato. Seremos nós capazes de inventar o emprego de tanta inteligência e força — ou negaremos a tudo isso direito de cidadania?

De que modo poderá Michel servir o Estado? Confesso que ignoro… Ele precisa de uma ocupação. A elevada posição que te valeram os teus grandes méritos, o poder que deténs, permitirão eles encontrar-lhe essa ocupação? Apressa-te. Michel é dedicado: ainda o é: em breve não o será senão a ele mesmo.

Escrevo-te sob um céu azul perfeito; nos doze dias em que Denis, Daniel e eu levamos aqui, nem uma nuvem, nenhum encobrimento do sol. Michel diz que o céu, desde há dois meses, está limpo.

Não estou nem triste nem alegre; o ar daqui enche-nos de uma vaga exaltação e dá-nos a conhecer um estado que parece tão longe da alegria como da tristeza; talvez seja felicidade.

Vamos ficar com Michel; não queremos deixá-lo; compreenderás porquê se leres estas páginas; é, portanto, aqui, na sua casa, que esperamos a tua resposta; não a proteles.

Sabes da amizade dos tempos do colégio, já então forte, mas que cresceu a cada ano, que liga Michel a Denis, a Daniel e a mim. Entre nós quatro firmou-se uma espécie de pacto: ao menor apelo de um os outros três ocorrem. Assim, quando recebi de Michel este misterioso grito de alarme, de imediato avisei Daniel e Denis, e partimos os três, abandonando tudo.

Há já três anos que não víamos Michel. Ele havia-se casado, seguindo em viagem com a sua mulher; e, aquando da sua última passagem por Paris, Denis estava na Grécia, Daniel na Rússia, e eu retido, como sabes, junto do nosso pai enfermo. Não ficáramos, entretanto, sem notícias de Michel; mas aquelas que nos haviam sido transmitidas por Silas e por Will, que o tinham encontrado, não podiam deixar de nos surpreender. Produziu-se nele uma mudança que ainda hoje não conseguimos explicar. Ele não era mais o puritano extremamente erudito de outrora, de gestos desajeitados à força de serem tão convictos e de olhar tão claro que, diante dele, muitas vezes as nossas conversas demasiado livres se detinham. Era… Mas porquê relevar-te já aquilo que o seu relato te irá contar?

Envio-te, pois, esta história, tal como Denis, Daniel e eu a ouvimos: Michel fez esse relato no seu terraço, onde nos deitáramos ao seu lado, no escuro e à luz das estrelas. No final da história, vimos o dia nascer sobre a planície. A casa de Michel domina essa planície, bem como o vilarejo do qual não dista muito. Por causa

do calor e das searas ceifadas essa planície assemelha-se a um deserto. A casa de Michel, embora pobre e bizarra, é encantadora. No inverno passa-se frio porque as janelas não têm vidros; ou melhor, não há janelas de todo, mas antes grandes buracos nas paredes. O tempo estava tão bom que dormíamos ao ar livre, sobre esteiras.

Deixa-me dizer-te ainda que fizemos boa viagem. Chegámos aqui à tardinha, extenuados pelo calor, sedentos de novidades, depois de breves paragens em Argel e em Constantina. Em Constantina um novo comboio levou-nos até Sidi b. M., onde uma caleça nos esperava. A estrada acaba longe da aldeia. Esta encontra-se empoleirada no alto de um rochedo, como certas aldeias da Úmbria. Subimos a pé; duas mulas levavam as nossas malas. Quando se toma esse caminho, a casa de Michel é a primeira da aldeia. Há um jardim cercado por muros baixos ou, melhor, por sebes, jardim esse onde crescem três romãzeiras curvadas e um soberbo loendro. Um menino cabila que ali estava fugiu assim que nos aproximámos, trepando o muro sem cerimónias.

Michel recebeu-nos sem manifestar alegria; muito sóbrio, parecia temer qualquer manifestação de carinho; mas na ombreira da casa, antes de mais, abraçou cada um dos três de modo grave.

Até ao anoitecer não chegámos a trocar dez palavras. Um jantar frugal foi servido num salão cuja sumptuosa decoração nos surpreendeu, mas que o relato de Michel te explicará. Depois serviu-nos café, que ele mesmo fez questão de preparar. Subimos então ao terraço de onde a vista se estendia até ao infinito, e nós os três, como os três amigos de Job, ficámos à espera, admirando o súbito declínio do dia sobre a planície em fogo.

Quando se fez noite, Michel disse:

PRIMEIRA PARTE

I

Meus caros amigos, sabia que vocês me eram fiéis. Ao meu apelo ocorreram, como eu teria feito ao vosso. Mas há três anos que não me viam. Possa a vossa amizade, que resiste tão bem à ausência, resistir também à história que vos quero contar. Pois se vos chamei de repente, e vos fiz viajar até este lugar distante, foi unicamente para vos ver, e para que me pudésseis escutar. Não desejo outra ajuda que não esta: falar convosco. Pois cheguei a um ponto da minha vida em que não posso ir mais além. E, no entanto, não é cansaço. Mas já nada sei. Preciso de... Preciso de falar, digo-vos eu. Saber libertar-se não é nada; o difícil é saber ser livre. Permitam-me que vos fale de mim; vou contar-vos a minha vida, sem modéstia e sem orgulho, mais simplesmente do que se estivesse a falar comigo mesmo. Ouçam-me:

A última vez que nos vimos, lembro-me bem, foi nos arredores de Angers, na pequena igreja campestre onde se celebrava o meu casamento. Éramos poucos, e a excelência dos amigos fazia dessa cerimónia banal uma cerimónia comovente. Pareceu-me que estávamos todos emocionados e isso emocionava-me. Na casa daquela que se tornou minha mulher, uma pequena refeição, sem grande espavento, reuniu-nos ao sairmos da igreja; depois o carro alugado levou-nos, de acordo com o costume que

associa, no nosso espírito, a ideia de um casamento à visão de um cais de partida.

Sabia muito pouco da minha mulher e pensava, sem grande mágoa, que ela também não sabia grande coisa a meu respeito. Tinha casado com ela sem amor, mais para agradar ao meu pai, que estava a morrer e se mostrava apreensivo por deixar-me sozinho. Eu amava o meu pai com ternura; ocupado com a sua agonia, não pensava, naqueles tristes instantes, senão em tornar o seu fim mais doce; e assim, hipotequei a minha vida sem saber o que a vida poderia ser. O nosso noivado, à cabeceira do moribundo, foi sem regozijo, mas não sem uma importante alegria, a da grande paz que ele proporcionou ao meu pai. Se eu não amava a minha noiva, digo-o, pelo menos, nunca havia amado outra mulher. Isso bastava, aos meus olhos, para assegurar a nossa felicidade; e, ignorante ainda de mim mesmo, julguei possível entregar-me inteiramente a ela. Ela era também órfã e vivia com os seus dois irmãos. Chamava-se Marceline; tinha acabado de fazer vinte anos; eu era quatro anos mais velho.

Disse que não a amava — pelo menos não sentia por ela nada daquilo a que chamamos amor, mas amava-a, se quiserem entender por isso uma ternura, uma espécie de compaixão, enfim, uma estima bastante grande. Ela era católica, eu sou protestante… Mas sem muita convicção! O padre aceitou-me; eu aceitei o padre: ficámos quites.

O meu pai era aquilo a que se costuma chamar um «ateu» — pelo menos suponho que o fosse, uma vez que, por uma espécie de invencível pudor que julgo que ele também partilhava, nunca chegámos a conversar a respeito das suas crenças. A severa educação huguenote da minha mãe, juntamente com a sua bela imagem, havia-se lentamente apagado do meu coração; sabem que

a perdi muito jovem. Não suspeitava ainda o quanto essa moral da primeira infância nos controla, nem sabia dos vincos que ela deixa no espírito. Essa espécie de austeridade, cujo gosto a minha mãe em mim deixara ao inculcar-me os seus princípios, eu canalizei-a toda para os estudos. Tinha quinze anos quando perdi a minha mãe; o meu pai cuidou de mim, rodeou-me de atenção e colocou todo o seu entusiasmo na minha instrução. Já conhecia bem o latim e o grego; com ele aprendi rapidamente o hebraico, o sânscrito e, por fim, o persa e o árabe. Por volta dos vinte anos já estava tão preparado que ele se atreveu a associar-me ao seu trabalho. Ele gostava de considerar-me seu igual e quis dar-me uma prova disso. O *Ensaio sobre os cultos frígios*, que apareceu sob o seu nome, foi obra minha; ele apenas o reviu; nunca nada lhe valera tantos elogios. Ficou encantado. Quanto a mim, fiquei confuso por ver essa farsa ser bem-sucedida. Mas daí em diante estava lançado. Os sábios mais eruditos tratavam-me como seu colega. Sorrio agora de todas as honras que me foram feitas… Assim cheguei aos vinte e cinco anos, sem ter contemplado mais do que livros ou ruínas, e nada sabendo da vida; punha no trabalho um fervor singular. Cultivava alguns amigos (entre eles, vocês), mas prezava mais a amizade do que propriamente os amigos; a minha dedicação por eles era grande, mas não passava de uma necessidade de nobreza; cultivava em mim mesmo cada bom sentimento. De resto, ignorava os meus amigos, como me ignorava a mim mesmo. Nunca me ocorreu a ideia de que pudesse levar uma existência diferente, nem que fosse possível viver de outra forma.

Ao meu pai e a mim bastavam as coisas simples; gastávamos tão pouco os dois, que cheguei aos vinte e cinco anos sem saber que éramos ricos. Imaginava, sem pensar muito nisso, que

tínhamos apenas o suficiente para viver; adotara, com o meu pai, tais hábitos de economia que quase me senti envergonhado quando percebi que possuíamos muito mais. Estava a tal ponto alheado dessas coisas que nem mesmo após a morte do meu pai, de quem era o único herdeiro, fiquei mais consciente da minha fortuna, tornando-me apenas ciente desse facto aquando do contrato do meu casamento, altura em que percebi, ao mesmo tempo, que Marceline não me trazia praticamente nada.

Uma outra coisa que ignorava, talvez ainda mais importante, é que eu estava com uma saúde muito delicada. Como poderia sabê-lo, se nunca a pusera à prova? Tinha constipações de vez em quando e tratava delas de forma bastante negligente. A vida demasiado calma que levava enfraqueceu-me ao mesmo tempo que me preservou. Marceline, pelo contrário, parecia robusta — que ela o era bem mais do que eu é o que em breve veremos.

Na noite de núpcias dormimos no meu apartamento de Paris, onde dois quartos haviam sido preparados para nós. Permanecemos em Paris apenas o tempo necessário para fazer algumas compras indispensáveis, depois seguimos para Marselha, de onde embarcámos imediatamente para Tunes.

Os assuntos urgentes, a vertigem dos últimos acontecimentos demasiado rápidos, a emoção necessária das núpcias, que se seguiu de imediato à emoção mais real do meu luto, tudo isso me havia esgotado. Foi apenas no barco que pude sentir o meu cansaço. Até aí, cada ocupação, apesar de aumentá-lo, distraía-me dele. O lazer que obrigatoriamente encontrei a bordo permitiu-me, por fim, refletir. Parecia-me que o fazia pela primeira vez.

Pela primeira vez também permiti-me privar-me durante muito tempo do meu trabalho. Até então, só me tinha consentido algumas férias curtas. Uma viagem a Espanha com o meu pai, pouco depois da morte da minha mãe, tinha durado, é verdade, mais de um mês; outra, à Alemanha, seis semanas; houve ainda outras — mas eram viagens de estudo; o meu pai não se distraía nem por um momento das suas pesquisas muito meticulosas; eu, quando não o acompanhava, lia. E, no entanto, assim que saímos de Marselha, várias memórias de Granada e de Sevilha regressaram a mim, do céu mais puro, das sombras mais acolhedoras, de festas, de risos e de cantos. É isso que iremos encontrar de novo, pensei. Subi ao convés do navio e observei Marselha afastar-se ao longe.

Depois, de repente, pensei que estava a negligenciar um pouco Marceline.

Ela estava sentada na proa; aproximei-me e, pela primeira vez, olhei-a verdadeiramente.

Marceline era uma mulher muito bonita. Vocês, que a viram, sabem disso. Censurei-me por não ter reparado nisso antes. Conhecia-a demasiado bem para a ver com uma sensação de novidade; as nossas famílias haviam sido sempre muito ligadas; tinha-a visto crescer; acostumara-me ao seu encanto… Pela primeira vez surpreendi-me, tão grande esse encanto me pareceu.

Sobre um simples chapéu de palha negra ela deixava esvoaçar um grande véu; era loura, mas não parecia frágil. A sua saia e o seu corpete, que faziam conjunto, eram feitos de um tecido escocês que havíamos escolhido juntos. Não queria que o meu luto a ensombrecesse.

Sentiu que a olhava e virou-se para mim… Até então, não demonstrara junto dela senão uma ternura imposta pelo dever;

substituía, tanto quanto possível, o amor por uma espécie de fria galanteria que, via-o bem, a incomodava um pouco; será que Marceline sentiu naquele momento que eu a olhava, pela primeira vez, de maneira diferente? Desta feita, ela olhou-me fixamente, depois, muito ternamente, sorriu. Sem falar, sentei-me ao seu lado. Tinha vivido até então para mim, ou de acordo comigo mesmo, pelo menos; tinha casado sem ver na minha mulher outra coisa que não uma camarada, sem pensar muito bem que a minha vida poderia ser mudada por aquela união. Tinha finalmente percebido que ali terminava o monólogo.

Estávamos os dois sozinhos na coberta. Ela estendeu-me a testa; apertei-a docemente contra mim; levantou os olhos; beijei-lhe as pálpebras, experimentei de repente, graças ao meu beijo, um novo sentimento de compaixão; ela preencheu-me tão violentamente que não pude conter as lágrimas.

— O que é que tens? — perguntou Marceline.

Começámos a falar. A sua deliciosa conversação encantou-me. Tinha formado, o melhor que pude, algumas ideias sobre a tolice das mulheres. Naquela noite, ao seu lado, fui eu quem pareceu desajeitado e estúpido.

Portanto, aquela a quem eu ligara a minha vida tinha ela mesma a sua vida e real! A importância desse pensamento acordou-me várias vezes nessa noite; várias vezes me ergui no meu beliche para espreitar Marceline, a minha mulher, a dormir.

No dia seguinte, o céu estava esplêndido; o mar mais ou menos calmo. Algumas conversas, em tom calmo, diminuíram ainda mais o nosso embaraço. O casamento começava, verdadeiramente. Na manhã do último dia de outubro, desembarcámos em Tunes.

* * *

A minha intenção era não permanecer ali senão alguns dias. Confesso-vos a minha tolice: nada, naquele país novo, me atraía além de Cartago e de algumas ruínas romanas: Timgad, da qual Octave me havia falado, os mosaicos de Sousse e, principalmente, o anfiteatro de El Djem, para onde me propus dirigir sem demora. Era preciso chegar antes a Sousse, e depois, a partir dali, apanhar a diligência dos correios; não queria, entre Tunes e o meu objetivo, perder tempo com mais nada.

No entanto, Tunes surpreendeu-me muito. O contacto com novas sensações mexeu com certas partes de mim, faculdades adormecidas que, não tendo sido ainda utilizadas, haviam conservado toda a sua misteriosa juventude. Sentia-me mais espantado, aturdido, do que propriamente divertido, e aquilo que mais me deleitou foi a alegria de Marceline.

O meu cansaço, porém, aumentava a cada dia; mas achava vergonhoso ceder a ele. Tossia e sentia na parte posterior do peito um mal-estar estranho. Vamos em direção ao sul, pensei; o calor recompor-me-á.

A diligência de Sfax sai de Sousse às oito da noite; atravessa El Djem à uma da manhã. Tínhamos reservado lugares na carruagem. Esperava encontrar uma carripana desconfortável; ficámos, pelo contrário, comodamente instalados. Mas o frio…! Por que pueril confiança na amenidade do ar do Sul vestíamos nós roupas leves, só tendo levado connosco um xaile? Logo que saímos de Sousse, e ao abrigo das suas colinas, o vento começou a soprar. Varria a planície, uivava, assobiava, entrava pelas frinchas das portinholas; nada o podia parar. Chegámos transidos de frio; e eu, além disso, completamente extenuado pelos solavancos da viatura e por uma tosse horrível que me sacudia ainda mais. Que noite! Chegados a El Djem, nada de hospedaria; um medonho

burdj[1] fazia as suas vezes. O que fazer? A diligência prosseguia viagem. A aldeia estava a dormir; na noite, que parecia imensa, entrevia-se vagamente a lúgubre massa das ruínas; os cães ladravam. Entrámos num compartimento de terra batida onde duas miseráveis camas haviam sido dispostas. Marceline tremia de frio, mas pelo menos ali o vento não nos alcançava.

O dia seguinte estava sombrio. Ficámos surpreendidos quando, ao sairmos, deparámos com um céu uniformemente cinzento. O vento ainda soprava, mas com menos ímpeto do que na véspera. A diligência só passaria ao anoitecer… Foi, digo-vos, um dia lúgubre. O anfiteatro, percorrido rapidamente, dececionou-me; pareceu-me mesmo feio, sob aquele céu baço. Talvez o meu cansaço tenha ajudado, talvez tenha aumentado o meu enfado. Por volta do meio-dia, por desfastio, regressei ali, procurando em vão algumas inscrições nas pedras. Marceline, ao abrigo do vento, lia um livro inglês que, por sorte, havia trazido consigo. Voltei para me sentar ao seu lado.

— Que dia triste! Não estás muito aborrecida? — perguntei.

— Não, como vês estou a ler.

— O que é que viemos aqui fazer? Não tens frio, pelo menos?

— Não muito. E tu? Na verdade, estás muito pálido!

— Não…

À noite, o vento voltou a soprar com força… Por fim, a diligência chegou. E partimos de novo.

Desde os primeiros solavancos que me senti quebrantado. Marceline, muito cansada, adormeceu de imediato no meu ombro. A minha tosse vai acordá-la, pensei, e com muito, muito cuidado libertei-me, encostando a sua cabeça à lateral

[1] No Norte de África, recinto fortificado. [*N. do T.*]

da viatura. Entretanto, eu havia deixado de tossir: escarrava agora; isso era uma coisa nova; aquilo vinha-me à boca sem esforço; vinha em pequenas golfadas, a intervalos regulares; era uma sensação tão bizarra que, ao princípio, quase me divertia, mas logo o sabor desconhecido que aquilo me deixava na minha boca me começou a agoniar. O meu lenço rapidamente ficou inutilizável. Já sentia aquilo a escorrer-me pelos dedos. Deveria acordar Marceline…? Felizmente, lembrei-me de um grande lenço de seda que ela trazia preso à cintura. Agarrei nele, cuidadosamente. Os escarros, que já não conseguia conter, eram agora mais abundantes. Fiquei extraordinariamente aliviado. É o fim da constipação, pensei eu. De repente, senti-me muito fraco; começou tudo a andar à roda e julguei que iria desmaiar. Deveria eu acordá-la…? Ah, qual quê…! (Conservei, creio, da minha infância puritana o ódio a toda e qualquer desistência por fraqueza; a isso chamo logo cobardia.) Recompus-me, contive-me e acabei por dominar a minha vertigem… Acreditei estar de novo no mar, e o ruído das rodas tornou-se o ruído das vagas... Mas parei de escarrar.

Depois caí numa espécie de sono.

Quando acordei, já a aurora ia avançada; Marceline dormia ainda. Estávamos a chegar. O lenço de seda que segurava na mão era escuro, de modo que a princípio não se distinguia nada; mas quando tirei do bolso o meu lenço vi, com espanto, que ele estava cheio de sangue.

O meu primeiro pensamento foi o de esconder esse sangue de Marceline. Mas como? Estava todo manchado; via agora sangue por todo o lado; nos meus dedos, principalmente. Tinha sangrado do nariz… É isso, se ela me perguntasse dir-lhe-ia que tinha sangrado do nariz.

Marceline continuava a dormir. Chegámos. Ela foi a primeira a descer e nada viu. Tinham-nos reservado dois quartos. Precipitei-me para o meu, lavei-me, livrei-me do sangue. Marceline não chegou a ver nada.

No entanto, sentia-me muito fraco e, por isso, pedi que nos levassem um chá ao quarto. E enquanto Marceline o servia, muito calma, um pouco pálida ela também, sorridente, veio-me uma espécie de irritação por ela nada ter visto. Sentia que estava a ser injusto, é bem verdade, dizia para mim mesmo: se ela nada vira é porque eu o ocultara bem; de nada serviu; aquilo cresceu em mim como um instinto, invadiu-me... No fim, foi mais forte do que eu; não aguentei; disse-lhe, num tom distraído:

— Cuspi sangue, esta noite.

Ela nada disse; ficou simplesmente ainda mais pálida, cambaleou, tentou agarrar-se e caiu pesadamente no chão.

Lancei-me sobre ela com uma espécie de raiva:

— Marceline! Marceline!

Só me faltava esta! O que é que eu tinha feito? Não bastava já que *eu* estivesse doente? Mas eu estava, já o disse, muito fraco, e pouco faltou para que também desmaiasse. Abri a porta; chamei; vieram em meu auxílio.

Na minha mala encontrava-se, recordo-me, uma carta de apresentação a um oficial da cidade; aproveitei-me desse facto para mandar chamar o major.

Marceline, entretanto, recuperara os sentidos; estava agora à cabeceira da cama onde eu tremia de febre. O major chegou e examinou-nos aos dois: Marceline não tinha nada, afirmou, e não se tinha magoado com a queda; eu estava gravemente doente; não quis pronunciar-se mais e prometeu voltar antes do anoitecer.

Voltou, sorriu para mim, falou comigo e deu-me vários medicamentos. Percebi que ele achava que eu estava condenado. Acreditam? Não houve em mim um sobressalto. Estava extenuado. Dei-me por vencido, simplesmente. Afinal de contas, o que é que a vida tinha ainda para me oferecer? Trabalhara até ao fim, tinha cumprido resoluta e apaixonadamente o meu dever. O resto… Ah, que me importava isso!, pensava eu, encontrando suficiente beleza no meu estoicismo. Mas aquilo de que mais sofria era da fealdade do lugar. «Este quarto de hotel é medonho» — e percorri-o com o olhar. De repente, lembrei-me de que ao lado, num quarto igual àquele, estava a minha mulher Marceline, e ouvi a sua voz. O médico ainda não se tinha ido embora; conversava com ela, procurava falar baixo. Passou algum tempo; consegui adormecer…

Quando acordei, Marceline estava junto de mim. Apercebi-me de que ela tinha estado a chorar. Não amava a vida o suficiente para sentir pena de mim mesmo; mas a fealdade deste lugar incomodava-me; quase com volúpia os meus olhos pousaram nela.

Agora, ao meu lado, ela escrevia. Achei-a bonita. Vi-a fechar várias cartas. Depois levantou-se, aproximou-se da minha cama, pegou-me com ternura na mão e perguntou:

— Como te sentes agora?

Sorri e perguntei-lhe tristemente:

— Ficarei bom?

De imediato, ela respondeu-me:

— Ficarás bom — com uma convicção tão apaixonada, que eu, quase convencido, tive como que um confuso sentimento de tudo aquilo que a vida poderia ser, do seu amor por ela; da vaga visão de tão patéticas belezas, lágrimas brotaram dos meus olhos e chorei longamente sem poder nem querer dominar-me.

Com que violência de amor conseguiu ela que eu deixasse Sousse; cercado de quantos encantadores cuidados, protegido, amparado, vigiado... De Sousse a Tunes, depois de Tunes a Constantina, Marceline foi admirável. Seria em Biskra que eu haveria de me curar. A sua confiança era perfeita; o seu zelo não vacilou nem por um instante. Ela preparou tudo, orientou as partidas e assegurou-se dos alojamentos. Ela não podia, infelizmente, tornar aquela viagem menos atroz. Pensei várias vezes que devia parar e morrer. Suava como um moribundo, sufocava, havia alturas em que perdia a consciência. Ao final do terceiro dia, cheguei a Biskra quase morto.

II

Porquê falar dos primeiros dias? O que é que resta deles? A sua terrível recordação não tem voz. Eu não sabia mais quem era nem onde estava. Lembro-me apenas de Marceline, a minha mulher, a minha vida, inclinada sobre o meu leito de agonia. Sei que unicamente os seus cuidados apaixonados e o seu amor me salvaram. Um dia, por fim, como um marinheiro perdido que avista terra, senti que uma centelha de vida despertava; consegui sorrir a Marceline. Porquê contar tudo isto? O importante é que a morte me havia tocado, como se diz, com a sua asa. O importante é que me surpreendeu profundamente que eu estivesse vivo, que o dia se tornou, aos meus olhos, inesperadamente luminoso. Antes, pensei eu, não sabia que vivia. Devia agora fazer da vida uma palpitante descoberta.

E veio o dia em que me consegui levantar. Fui completamente seduzido pela nossa casa. Ela era quase apenas um terraço. Mas que terraço! O meu quarto e o de Marceline davam para ele; e esse terraço estendia-se sobre os telhados. Uma vez atingida a sua parte mais alta, viam-se, por cima das casas, palmeiras; e sobre as palmeiras, o deserto. O lado mais afastado do terraço tocava os jardins da cidade; os ramos das últimas acácias davam-lhe sombra. Por fim, o terraço ladeava o pátio, um pequeno pátio

comum, onde estavam plantadas seis palmeiras comuns, e terminava na escadaria que o voltava a ligar ao pátio. O meu quarto era amplo, arejado; paredes caiadas de branco, nuas; uma pequena porta conduzia ao quarto de Marceline; uma grande porta de vidro abria para o terraço.

Passaram-se ali dias arrastados. Quantas vezes, na minha solidão, revisitei aqueles dias lentos...! Marceline está ao pé de mim. Lê; costura; escreve. Eu nada faço. Contemplo-a. Oh, Marceline... Contemplo! Vejo o sol; vejo a sombra; vejo a linha da sombra que se move; tenho tão pouco em que pensar que a observo. Estou ainda muito fraco; respiro com dificuldade; tudo me cansa, até mesmo ler; de resto, ler o quê? Ser ocupa-me o suficiente.

Uma manhã, Marceline voltou para casa a rir:

— Trago-te um amigo.

E vejo entrar, atrás dela, um menino árabe de tez morena. O seu nome é Bachir, tem uns grandes olhos silenciosos que me contemplam. Sinto-me um pouco incomodado, e esse incómodo cansa-me; não digo nada, pareço desgostoso. A criança, diante da frieza do meu acolhimento, fica desconcertada, vira-se para Marceline e, com um movimento de graça animal e meiga, aninha-se contra ela, pega-lhe na mão, abraça-a com um gesto que descobre os seus braços nus. Reparo que ele está nu por debaixo da sua fina gandura[2] branca e do seu albornoz remendado.

---

[2] Espécie de túnica leve, de lã ou algodão, com ou sem mangas, que cobre o corpo inteiro e que, normalmente, é usada pelos homens. Muito comum no Médio Oriente e no Norte de África, a gandura tem a sua origem nas tribos de beduínos que habitavam o Médio Oriente no século VI. [*N. do T.*]

— Vamos, senta-te ali — diz Marceline, que reparou no meu incómodo. — Brinca tranquilamente.

O pequeno senta-se no chão, tira uma faca do capuz do seu albornoz, um pedaço de *djerid*[3], e começa a trabalhá-lo. É um apito, creio, aquilo que ele está a tentar fazer.

Ao fim de algum tempo, a sua presença já não me incomoda. Olho-o; parece ter-se esquecido que está ali. Os seus pés estão descalços; os tornozelos e os pulsos são delicados. Maneja a sua faca de má qualidade com uma destreza divertida... Interessa-me isso realmente para alguma coisa? O seu cabelo está rapado à maneira árabe; usa um pobre fez com um buraco no lugar da borla. A gandura, que descaiu um pouco, revela o seu gracioso ombro. Preciso de tocá-lo. Inclino-me; ele volta-se e sorri-me. Faço-lhe sinal para que me passe o seu apito, pego nele e finjo admirá-lo muito. Agora quer ir-se embora. Marceline dá-lhe um doce, eu duas moedas.

No dia seguinte, pela primeira vez, aborreço-me; espero; espero pelo quê? Sinto-me desocupado, inquieto. Por fim, não aguento mais:

— O Bachir não vem esta manhã?

— Se quiseres, vou buscá-lo.

Ela deixa-me, desce as escadas; após um bocado, volta sozinha. O que é que a doença me fez? Sinto-me a ponto de chorar ao vê-la regressar sem Bachir.

— Era muito tarde — diz ela. — As crianças saíram da escola e dispersaram-se. Há algumas encantadoras, sabes? Creio que já todas me conhecem.

— Certifica-te, ao menos, de que ele vem amanhã.

---

[3] Madeira de tamareira. [*N. do T.*]

No dia seguinte, Bachir voltou. Sentou-se como tinha feito na antevéspera, tirou a sua faca, tentou talhar uma madeira mais dura, e fê-lo com tanto afinco que cravou a lâmina no polegar. Estremeci de horror; ele riu-se, mostrou o corte brilhante e divertiu-se a ver o seu sangue correr. Quando ria, mostrava os dentes branquíssimos; lambeu, entretido, a ferida; a sua língua era rosada como a de um gato. Ah, como tudo nele era natural! Era isso que mais me apaixonava nele: a saúde. A saúde daquele pequeno corpo era bela.

No dia seguinte, trouxe berlindes. Queria que eu jogasse com ele. Marceline não estava presente; ela ter-me-ia impedido. Hesitei, olhei para Bachir; o pequeno tomou-me pelo braço, colocou os berlindes na minha mão, obrigou-me a jogar. Custou-me muito baixar-me, mas tentei jogar na mesma. Por fim, já não aguentava mais. Estava banhado em suor. Larguei os berlindes e deixei-me cair numa poltrona. Bachir, um pouco confuso, olhava para mim.

— Doente? — perguntou ele, gentilmente; o timbre da sua voz era delicado. Marceline entrou em casa.

— Leva-o — disse-lhe. — Sinto-me cansado esta manhã.

Algumas horas mais tarde escarrei sangue. Isso aconteceu enquanto caminhava com dificuldade no terraço; Marceline estava ocupada no seu quarto; felizmente nada viu. Por causa da falta de ar tinha respirado mais profundamente e, de repente, aquilo veio. Encheu-me a boca toda. Mas já não era sangue vivo, como das primeiras vezes; era um grande e horrível coágulo que cuspi no chão com repugnância.

Dei alguns passos, cambaleando. Fiquei terrivelmente perturbado. Tremia. Estava cheio de medo; sentia-me furioso. Pois até então pensara que, pouco a pouco, acabaria por me curar, e que tudo o que tinha de fazer era esperar. Esse episódio brutal era um

retrocesso. Estranhamente, as primeiras expetorações não tinham produzido em mim esse efeito; lembro-me agora de que me haviam deixado quase calmo. De onde vinha então agora o meu medo, o meu horror? É que eu começava, ai de mim!, a amar a vida.

Voltei para trás, curvei-me, encontrei o meu escarro, peguei numa palhinha e, levantando o coágulo, depositei-o no meu lenço. Olhei para ele. Era um sangue desprezível, quase negro, uma coisa peganhenta, pavorosa... Pensei no belo sangue rutilante de Bachir... E, de repente, fui tomado por um desejo, por um impulso, por algo mais furioso, mais imperioso do que qualquer coisa que já sentira: viver, eu queria viver! Eu queria viver. Cerrei os dentes, os punhos, e concentrei-me inteiro, desesperadamente, desoladamente, nesse esforço em direção à existência.

Tinha recebido na véspera uma carta de T...; em resposta a perguntas aflitas de Marceline, ela estava cheia de conselhos médicos; T... tinha mesmo anexado à sua carta alguns panfletos de divulgação médica e um livro mais especializado, que, por essa razão, me pareceu mais sério. Lera na diagonal a carta e nem olhara para as brochuras; primeiro, porque a semelhança desses panfletos com os pequenos tratados morais com que tinha sido massacrado na infância não me dispunha a seu favor; também porque todos os conselhos me importunavam; depois, porque nunca acreditei que esses «Conselhos aos tuberculosos», essa «Cura prática da tuberculose», pudessem ser aplicados ao meu caso. Não me considerava tuberculoso. Atribuía antes a minha primeira hemoptise a uma causa diferente; ou, melhor, a bem dizer não a atribuía a nada, evitava pensar nisso, não pensar nisso de todo, e julgava-me, se não curado, pelo menos perto de o estar... Li a carta, devorei o livro, os tratados. Subitamente, com uma evidência assombrosa, pareceu-me que não me havia

tratado convenientemente. Até então, deixara-me viver, fiando-me na mais vaga esperança; de repente a minha vida pareceu-me estar sob ataque, atacada atrozmente no seu âmago. Um inimigo numeroso, ativo, vivia em mim. Eu ouvia-o: espiava-o; sentia-o. Não o venceria sem luta... E acrescentava a meia-voz, como que para melhor me convencer: é uma questão de vontade.

Pus-me em estado de guerra.

A noite caiu: organizei a minha estratégia. Durante algum tempo, unicamente a minha cura seria o meu objeto de estudo; o meu dever estava para com a minha saúde; tinha de julgar bom — chamar Bem — tudo o que me fosse salutar, esquecer, repelir tudo aquilo que não me curasse. Antes do jantar, e no que dizia respeito à respiração, ao exercício e à alimentação, eu já havia tomado as minhas resoluções.

Fazíamos as nossas refeições numa espécie de pequena banca que o terraço rodeava de todos os lados. Sozinhos, tranquilos, longe de tudo, a intimidade das nossas refeições era encantadora. De um hotel vizinho, um velho negro trazia-nos comida aceitável. Marceline tomava a seu cargo a escolha da ementa, encomendava um prato, rejeitava um outro... Como geralmente não tinha grande fome, não sofria muito por não haver alguns pratos, nem com o facto de o menu ser escasso. Marceline, habituada ela própria a não se alimentar muito, não sabia nem se dava conta de que eu não estava a comer o suficiente. Comer muito foi, de todas as minhas resoluções, a primeira. Tencionava pô-la em prática logo a partir dessa noite. Não pude. Serviram-nos um prato de caça incomestível, e depois um assado ridiculamente para lá do ponto.

A minha irritação foi tão intensa que, descarregando em Marceline, me derramei em palavras imoderadas. Acusei-a; parecia, ao ouvir-me, que ela deveria sentir-se responsável pela má

qualidade da comida. Esse pequeno contratempo na dieta que havia resolvido adotar adquiria a maior gravidade; esqueci-me dos dias anteriores; essa refeição fracassada deitava tudo a perder. Estava irredutível. Marceline teve de ir à cidade buscar uma lata de conservas, um paté qualquer.

Logo regressou com uma pequena terrina cujo conteúdo devorei quase inteiro, como que para provar que, de nós dois, eu era aquele que tinha mais necessidade de comer.

Nessa mesma noite, acordámos o seguinte: as refeições passariam a ser muito melhores; mais numerosas também, uma a cada três horas; a primeira seria às seis e meia da manhã. Uma abundante provisão de conservas de toda a espécie supriria os medíocres pratos do hotel…

Nessa noite não consegui dormir, de tal modo o pressentimento das minhas novas virtudes me intoxicava. Tive, creio, um pouco de febre; ao meu lado, uma garrafa de água mineral; bebi um copo, dois copos; da terceira vez, bebendo pelo gargalo, esvaziei a garrafa de um trago. Estudava a minha vontade como se de uma lição se tratasse; aprendia a minha hostilidade, dirigi-a contra todas as coisas; deveria lutar contra tudo: a minha salvação dependia unicamente de mim.

Por fim, vi a noite desvanecer-se; o dia nasceu. Aquela tinha sido a minha vigília de armas.

O dia seguinte era domingo. Até então não me havia preocupado, confesso, com as crenças de Marceline; por indiferença ou por pudor, parecia-me que não me dizia respeito; para mais, não conferia a isso qualquer importância. Nesse dia, Marceline foi à missa. Soube, no seu regresso, que ela tinha rezado por mim. Olhei-a fixamente, e depois, com a maior doçura que consegui, disse-lhe:

— Não é preciso rezares por mim, Marceline.

— Porquê? — disse ela, um pouco confusa.

— Não gosto de proteções.

— Rejeitas a ajuda de Deus?

— Depois, ele teria direito ao meu reconhecimento. Isso cria obrigações; não as quero.

Parecia que estávamos a brincar, mas não nos enganávamos, de modo algum, quanto à importância das nossas palavras.

— Não te curarás sozinho, pobre amigo — suspirou ela.

— Paciência, então…

Depois, vendo a sua tristeza, acrescentei de forma menos contundente:

— Tu ajudar-me-ás.

III

Falarei agora longamente do meu corpo. Falarei tanto sobre ele que, a princípio, vos parecerá que esqueço a parte do espírito. Essa minha negligência, neste relato, é voluntária; ela foi real então. Não tinha força suficiente para manter uma vida dupla; do espírito e do resto, pensava eu, cuidaria mais tarde, quando estivesse melhor.

Estava ainda longe de me sentir bem. Por qualquer coisa ficava encharcado em suor e por qualquer coisa me constipava; tinha, como dizia Rousseau, «pouco fôlego»; por vezes, um pouco de febre; frequentemente, logo pela manhã, uma sensação de terrível lassidão, e ficava, então, prostrado numa poltrona, indiferente a tudo, egoísta, ocupado unicamente com o esforço de respirar bem. Respirava penosamente, com método, cuidadosamente; as minhas expirações aconteciam em dois arranques que a minha vontade completamente tensa não conseguia conter por completo; muito tempo depois, não conseguia ainda evitá-los senão à custa de muita vigilância.

Mas o que mais me fez sofrer foi a minha mórbida sensibilidade a toda e qualquer mudança de temperatura. Penso, quando hoje reflito sobre isso, que uma perturbação nervosa de natureza geral acresceu à doença; de outra forma não consigo explicar

uma série de fenómenos, irredutíveis, parece-me, ao simples estado tuberculoso. Sentia sempre ou demasiado calor ou demasiado frio; agasalhava-me de imediato de uma forma ridiculamente exagerada, não parava de tremer senão para desatar a suar, descobria-me um pouco, e começava a tremer assim que parava de suar. Certas partes do meu corpo gelavam, tornavam-se, apesar do suor, tão frias ao toque como o mármore; nada conseguia aquecê-las. Era de tal modo sensível ao frio que um pouco de água que, inadvertidamente, me caísse no pé, enquanto fazia a higiene, era o suficiente para que me constipasse; era, de igual modo, sensível ao calor... Conservei essa sensibilidade, conservo-a ainda, mas, hoje, é para voluptuosamente desfrutar dela. Qualquer sensibilidade muito viva pode, consoante o organismo seja robusto ou débil, tornar-se, creio eu, causa de deleite ou de desconforto. Tudo o que outrora me incomodava tornou-se para mim deleitoso.

Não sei como é que até então conseguira dormir com as janelas fechadas; seguindo os conselhos de T... passei a abri-las durante a noite; de início, uma pequena fresta; depois, completamente escancaradas; logo se tornou um hábito, uma necessidade tão grande que bastava fechá-las para me sentir sufocar. Com que deleite, mais tarde, sentiria eu entrar pelo meu quarto o vento da noite, o luar...

Mal podia esperar para acabar de vez com essas primeiras tíbias tentativas de saúde. Com efeito, graças aos constantes cuidados, ao ar puro, a uma comida mais adequada, não tardou que me sentisse melhor. Até então, temendo a falta de ar que para mim significavam as escadas, não me havia atrevido a deixar o terraço; nos últimos dias de janeiro, por fim, desci e aventurei-me pelo jardim.

Marceline acompanhava-me, trazendo consigo um xaile. Eram três da tarde. O vento, por vezes violento naquela região e que há três dias me importunava grandemente, havia cessado. A doçura do ar era encantadora.

Jardim público… Uma alameda muito larga dividia-o, sombreada por dois renques daquela espécie de mimosas muito altas, que, na Europa, se chamam acácias. Bancos à sombra dessas árvores. Um regato correndo por um canal, ou seja, mais fundo do que largo, pouco sinuoso, corria ao longo da alameda; depois outros canais mais pequenos, dividindo a água do regato, conduzindo-a, através do jardim, até às plantas; a água densa é cor de terra, cor da argila rosa ou cinzenta. Quase nenhum estrangeiro, alguns árabes; eles vão e vêm e, assim que saem do sol, os seus mantos brancos assumem a cor da sombra.

Um singular arrepio tomou conta de mim quando entrei nessa estranha sombra, embrulhei-me no meu xaile e, no entanto, não me sentia mal, pelo contrário... Sentámo-nos num banco. Marceline ficou em silêncio. Passaram alguns árabes; depois chegou um grupo de meninos. Marceline conhecia vários deles e acenou-lhes; aproximaram-se. Marceline foi-me dizendo os seus nomes; houve perguntas, respostas, sorrisos, caretas, jogos inocentes. Tudo isto agastou-me um pouco e o meu mal-estar voltou; sentia-me cansado e transpirava. Mas o que me incomodava, confesso, não eram as crianças, era ela. Sim, por pouco que fosse, sentia-me incomodado com a sua presença. Se me tivesse levantado, ela ter-me-ia seguido; se tivesse tirado o meu xaile, ela teria querido levá-lo; se o tivesse posto de novo, ela teria perguntado: «Estás com frio?» E depois, falar com os meninos, não ousava fazê-lo à sua frente; via que ela tinha os seus protegidos; de mau grado, mas de forma tendenciosa, interessei-me pelos outros.

— Regressemos a casa — disse-lhe, e resolvi comigo mesmo voltar sozinho ao jardim.

No dia seguinte, Marceline teve de sair por volta das dez horas; aproveitei. O pequeno Bachir, que raramente deixava de vir de manhã, pegou no meu xaile; sentia-me vivo, de coração leve. Estávamos praticamente sozinhos na alameda; caminhava lentamente, sentava-me por um instante, voltava a andar. Bachir seguia-me, tagarelando; fiel e dócil como um cão. Cheguei à parte do canal onde as lavadeiras iam lavar; no meio da correnteza existe uma pedra lisa; sobre ela, uma rapariguinha deitada com o rosto inclinado para a água, a mão na corrente, lançando ou apanhando pequenos ramos. Os seus pés nus haviam estado submersos na água; conservavam a marca húmida desse banho e a sua pele parecia mais escura nessa zona. Bachir acercou-se e falou com ela; ela virou-se, sorriu para mim e respondeu a Bachir em árabe.

— É a minha irmã — disse-me ele.

Depois explicou-me que a sua mãe viria lavar algumas roupas e que a sua irmã mais nova estava à espera dela. Chamava-se Rhadra, que significa «verde» em árabe. Dizia tudo isso com uma voz encantadora, clara, tão infantil como a emoção que eu sentia.

— Ela pede que lhe dês duas moedas — acrescentou.

Dei-lhe dez e estava prestes a partir, quando a mãe, a lavadeira, chegou. Era uma mulher admirável, pesada, com uma grande tatuagem azul na testa, carregando um cesto de roupa na cabeça, como as antigas canéforas, e, como estas, coberta simplesmente por um grande pano azul-escuro arrepanhado na cintura e que cai, solto, até aos pés. Assim que viu Bachir, interpelou-o rudemente. Ele respondeu com violência; a menina interferiu;

entre os três iniciou-se uma discussão acalorada. Por fim, Bachir, como que vencido, fez-me compreender que a sua mãe precisava dele naquela manhã; estendeu-me o xaile, tristemente, e tive de voltar sozinho.

Não andara vinte passos e já o meu xaile me parecia de um peso insuportável; banhado em suor, sentei-me no primeiro banco que encontrei. Esperava que aparecesse uma criança que me aliviasse daquele fardo. Quem passou ao fim de pouco tempo foi um rapagão de catorze anos, negro como um sudanês, nada tímido, que se ofereceu para me ajudar. O seu nome era Ashour. Seria bonito se não fosse zarolho. Gostava de conversar, explicou-me de onde vinha o rio e que, depois do jardim público, ele corria para o oásis, atravessando-o de uma ponta à outra. Escutava-o, esquecendo o meu cansaço. Por mais encantador que Bachir me parecesse, já o conhecia, por aquela altura, bastante bem, e estava feliz por variar. Cheguei até a prometer a mim mesmo, num outro dia, descer sozinho ao jardim e esperar, sentado num banco, pelo acaso de um encontro feliz...

Depois de parar várias vezes pelo caminho, Ashour e eu chegámos à minha porta. Tive vontade de convidá-lo a subir, mas não me atrevi com receio do que Marceline pudesse pensar.

Encontrei-a na sala de jantar, ao lado de uma criança muito jovem, tão enfezada e de aspeto tão miserável que, ao início, me suscitou mais repulsa do que piedade. Um pouco a medo, Marceline disse-me:

— O pobrezinho está doente.

— Não será contagioso? O que é que ele tem?

— Ainda não sei ao certo. Queixa-se de tudo um pouco. Fala bastante mal francês; quando Bachir vier amanhã servirá de seu intérprete... Dei-lhe um pouco de chá...

Depois, como que para se desculpar, e porque eu continuava para ali sem dizer nada:

— Conheço-o há muito tempo — acrescentou. — Não me atrevi a trazê-lo antes, tinha medo de te importunar ou, talvez, de te desagradar.

— Porquê? — interroguei. — Traz para cá todas as crianças que quiseres, se isso te diverte! — e pensei, um pouco irritado por não o ter feito, que poderia muito bem ter convidado Ashour.

Ainda assim, não pude não olhar para a minha mulher; ela era maternal e carinhosa. A sua ternura era tão comovedora que o menino, que depressa se foi embora, partiu profundamente reconfortado. Falei-lhe do meu passeio e, sem rudeza, fiz com que Marceline compreendesse porque é que preferia sair sozinho.

As minhas noites, geralmente, eram ainda entrecortadas por sobressaltos que me despertavam ou gelado ou encharcado em suor. Essa noite foi muito boa e quase que não despertei. Na manhã seguinte, desde as nove horas que estava pronto para sair. O dia estava bonito; sentia-me repousado, nada fraco, alegre ou, melhor, bem-disposto. O ar estava calmo e morno, mas levei o xaile comigo, como pretexto para pedir a alguém que o carregasse. Já disse que o jardim era contíguo ao nosso terraço; num instante estava lá. Entrei com enlevo na sua sombra. O ar estava luminoso. As acácias, cujas flores aparecem muito antes das folhas, exalavam perfume — se é que não vinha de todo o lado aquela espécie de aroma leve e desconhecido que parecia penetrar em mim através de todos os sentidos e que me exaltava. Além disso, respirava com mais facilidade; os meus passos eram mais ligeiros; ainda assim, no primeiro banco, sentei-me, mas mais inebriado, mais atordoado do que cansado. Olhei à minha volta. A sombra era móvel e leve; não se derramava pelo chão,

mal parecia pousar nele. Oh, luz! Eu escutava. O que é que eu ouvia? Nada; tudo; encantava-me com cada som. Lembro-me de um arbusto, cuja casca, de longe, me parecia de uma consistência tão estranha que tive de me levantar para a apalpar. Toquei-a como quem faz uma carícia; senti-me deliciado. Lembro-me... Seria, por fim, nessa manhã que eu nasceria?

Esqueci-me de que estava sozinho, não esperava nada, esqueci o tempo. Parecia-me que até àquele dia pouco sentira à custa de tanto pensar, e agora, no final daquele dia, surpreendia-me esta descoberta: as minhas sensações tornavam-se tão fortes como um pensamento.

Digo «parecia-me» porque, do fundo do passado da minha primeira infância, mil vislumbres de mil sensações perdidas estavam, por fim, a despertar. A consciência que eu readquiria dos meus sentidos permitiu-me esse inquietante reconhecimento. Sim, os meus sentidos, doravante despertos, voltavam a encontrar toda uma história, reconstituindo para si mesmos um passado. Eles estavam vivos! Estavam vivos! Eles nunca tinham deixado de estar vivos, descobrindo, inclusive durante os meus anos de estudo, uma vida latente e subtil.

Acabei por não encontrar ninguém nesse dia, e isso não me incomodou; tirei do meu bolso um pequeno Homero que não havia reaberto desde a minha partida de Marselha, reli três frases da *Odisseia*, decorei-as, depois, encontrando alimento suficiente no seu ritmo e deliciando-me vagarosamente com ele, fechei o livro e ali fiquei, tremendo, mais vivo do que pensei que alguém, alguma vez, pudesse estar, com o espírito entorpecido de felicidade...

IV

Marceline, que via com alegria a minha saúde finalmente regressar, já há alguns dias que me falava dos maravilhosos vergéis do oásis. Ela amava o ar livre e as caminhadas. A liberdade que a minha doença lhe dava permitia-lhe longos passeios dos quais regressava deslumbrada; até então ela mal falava deles, receando com isso incitar-me a acompanhá-la ou temendo que me entristecesse com a descrição de prazeres de que não podia, para já, desfrutar. Mas agora que me encontrava melhor, ela contava com a atração dessas coisas para completar o meu restabelecimento. O prazer que eu havia recuperado em caminhar e em observar o que me rodeava transportava-me para aí. E no dia seguinte saímos juntos.

Marceline levou-me por um estranho caminho, como nunca vi igual em parte alguma. Esse caminho estendia-se, indolente, entre dois paredões de terra bastante altos; as formas dos jardins, que esses altos paredões limitam, inclinavam-no fortemente; aqui fazia uma curva, mais adiante interrompia a sua inclinação; logo à entrada há um desvio que nos desconcerta; já não sabemos de onde viemos nem para onde vamos. A fiel água do regato segue o carreiro, ladeia um dos paredões; estes são feitos da mesma terra do caminho, a terra presente no oásis inteiro, uma argila rosada

ou cinzento-claro que a água torna um pouco mais escura, que o sol ardente faz estalar e que endurece com o calor, mas que amolece logo com os primeiros aguaceiros e que depois forma um solo mole onde os pés descalços ficam gravados. Por cima dos paredões, palmeiras. À medida que nos aproximávamos, rolas voavam para aí. Marceline olhou para mim.

Esqueci-me do meu cansaço e da minha indisposição. Caminhava numa espécie de êxtase, de silencioso júbilo, de exaltação dos sentidos e da carne. Nesse momento, ergueu-se no ar uma ligeira aragem; todas as palmas se agitaram, e vimos as palmeiras mais altas inclinarem-se; depois o ar voltou a ficar calmo, e ouvi distintamente, por detrás do paredão, um canto de flauta. Uma brecha no paredão; entrámos.

Era um lugar cheio de sombra e luz; tranquilo, e que parecia como que ao abrigo do tempo; cheio de silêncios e de frémitos, leve rumor d'água que corre, dá de beber às palmeiras, e que, de árvore em árvore, se afasta, chamamento discreto das rolas, canto de flauta tocada por uma criança. Criança essa que guardava um rebanho de cabras; que estava sentada, quase nua, sobre o tronco de uma palmeira caída; criança que não se perturbou com a nossa aproximação, que não fugiu, que parou apenas por um momento de tocar.

Apercebi-me, durante esse curto silêncio, de que uma outra flauta, ao longe, respondia. Avançámos um pouco mais, e então:

— Não vale a pena ir mais longe — disse Marceline. — Estes vergéis são todos iguais; a única coisa diferente é que no fim do oásis eles tornam-se um pouco maiores...

Estendeu o xaile no chão.

— Descansa um pouco.

Quanto tempo ficámos ali, já não sei; mas que importava o tempo? Marceline estava ao pé de mim; deitei-me, pousei a minha

cabeça no seu colo. O canto da flauta escorria ainda, cessava por um momento, recomeçava; o ruído da água… Por vezes, uma cabra balia. Fechei os olhos; senti pousar sobre a minha fronte a mão fresca de Marceline; sentia o sol ardente docemente peneirado pelas palmas; não pensava em nada; que importava o pensamento? Sentia extraordinariamente…

De vez em quando, um novo rumor; abria os olhos; era o vento ligeiro nas palmas; não descia até nós, limitava-se a agitar as palmas mais altas…

Na manhã seguinte, regressei àquele mesmo jardim com Marceline; nessa tarde fui sozinho. O pastor que tocava a flauta estava lá. Aproximei-me dele, falei-lhe. O seu nome era Lassif, tinha apenas doze anos, era belo. Disse-me os nomes das suas cabras, disse-me que os canais se chamam *séghias*; nem todos correm diariamente, explicou-me; a água, sábia e parcimoniosamente distribuída, satisfaz a sede das plantas, depois é-lhes imediatamente retirada. Ao pé de cada uma das palmeiras é escavado um pequeno depósito que conserva a água que dará de beber à árvore; um engenhoso sistema de eclusas, que, ensinou-me o menino, fazendo-o funcionar, controla a água, levando-a para onde há mais sede.

No dia seguinte vi um dos irmãos de Lassif: era um pouco mais velho, menos bonito; chamava-se Lachmi. Com a ajuda da espécie de escada que faz, ao longo do tronco, a cicatriz das velhas palmas cortadas, ele trepou até ao cimo de uma palmeira podada; depois desceu agilmente, deixando ver, sob o seu manto flutuante, uma nudez dourada. Trazia do alto da árvore, cuja copa havia sido chapodada, uma pequena cabaça de terra: fora pendurada lá em cima, perto do corte mais recente, para recolher a seiva

da palmeira, com a qual se faz um vinho doce muito apreciado pelos árabes. A convite de Lachmi provei um pouco, mas o sabor monótono, áspero e xaroposo não me agradou.

Nos dias seguintes, fui mais adiante; vi outros jardins, outros pastores e outras cabras. Tal como Marceline havia dito, aqueles jardins eram todos iguais, e, no entanto, cada um era diferente.

Por vezes, Marceline ainda me acompanhava; mas, quase sempre, assim que entrávamos nos vergéis, eu deixava-a, alegando que estava cansado, que me queria sentar um pouco, que ela não devia esperar por mim, pois precisava de caminhar mais do que eu; de forma que ela terminava o seu passeio sem mim. Eu ficava ao pé dos meninos. Logo conheci um grande número deles; conversava longamente com eles; aprendia os seus jogos, ensinava-lhes outros, perdia todas as minhas moedas à *malha*. Alguns dos que me acompanhavam até mais longe (cada dia eu alongava mais as minhas caminhadas) mostravam-me um novo caminho para regressar a casa, carregavam o meu casaco e o meu xaile quando, por vezes, levava os dois; antes de nos separarmos distribuía algumas moedas; por vezes, seguiam-me, sempre a brincarem, até à minha porta; por vezes chegavam mesmo a entrar.

Marceline, por seu lado, trazia alguns outros. Trazia, sobretudo, os da escola, que ela encorajava nos estudos; à saída das aulas, os dóceis e os afáveis subiam; aqueles que eu trazia eram diferentes; mas as brincadeiras juntavam-nos. Tínhamos o cuidado de ter sempre sumos e guloseimas. Em breve outros começaram a vir por iniciativa própria, mesmo sem serem convidados por nós. Lembro-me de cada um deles; revejo-os…

* * *

Por volta do final de janeiro, o tempo piorou subitamente; um vento frio começou a soprar e a minha saúde ressentiu-se de imediato. O grande espaço aberto que separa o oásis da cidade tornou-se novamente para mim intransponível e, uma vez mais, tive de me contentar com o jardim público. Depois choveu; uma chuva gelada que, no horizonte, a norte, cobriu de neve as montanhas.

Passei esses tristes dias junto ao fogo, abatido, lutando furiosamente contra a doença que, por causa desse mau tempo, triunfava. Dias lúgubres: não conseguia ler nem trabalhar; o menor esforço trazia suores desconfortáveis; fixar a atenção extenuava-me; e quando não tinha o cuidado de respirar cuidadosamente, sufocava.

Os meninos, durante esses tristes dias, foram para mim a única distração possível. Quando chovia, só os mais próximos entravam; tinham as roupas encharcadas; sentavam-se em frente ao fogo, em círculo. Passavam-se longos períodos sem nada dizerem. Eu estava demasiado cansado, demasiado enfermo para fazer outra coisa que não fosse olhar para eles; mas a presença da sua saúde curava-me. Aqueles que Marceline mimava eram fracos, macilentos e demasiado dóceis; irritava-me com ela e com eles e acabava por afastá-los. Verdade seja dita, eles assustavam-me.

Certa manhã tive uma curiosa revelação sobre mim mesmo: Moktir, o único protegido da minha mulher que não me irritava (talvez porque fosse belo), ficara a sós comigo no meu quarto. Até então não sentia por ele qualquer afeição particular, mas o seu olhar brilhante e sombrio intrigava-me. Uma curiosidade que não sabia explicar bem fazia com que eu acompanhasse os seus gestos. Eu estava de pé, junto ao fogo, os cotovelos sobre a lareira, em frente de um livro, e parecia absorto, mas podia ver, refletidos no espelho, os movimentos do rapaz a quem dera as costas.

Moktir não sabia que estava a ser observado e julgava-me mergulhado na leitura. Vi-o aproximar-se, sem ruído, de uma mesa onde Marceline havia pousado, perto de um livro, uma pequena tesoura, apoderar-se dela furtivamente e, de repente, enfiá-la no seu albornoz. O meu coração bateu com muita força por um momento, mas nem os mais sérios pensamentos conseguiram produzir em mim o mais leve sentimento de revolta. Além disso, não me consigo convencer de que o sentimento que então me preencheu fosse algo mais do que alegria. Quando já havia dado a Moktir bastante tempo para bem me roubar, voltei-me de novo para ele e falei-lhe como se nada se tivesse passado. Marceline gostava muito daquele rapaz; contudo, creio que não foi o receio de magoá-la que me fez imaginar já não sei que história para explicar o desaparecimento da tesoura — em vez de denunciar Moktir. A partir desse dia, Moktir tornou-se o meu preferido.

V

A nossa estadia em Biskra já não deveria durar muito mais. Passadas as chuvas de fevereiro, o calor tornou-se fortíssimo. Depois de vários dias penosos, que havíamos vivido debaixo de chuva, uma manhã, subitamente, acordei sob um céu azul. Assim que me levantei, corri para o terraço mais alto. O céu, de horizonte a horizonte, estava limpo. Sob o sol, já ardente, nuvens de vapor levantavam-se; todo o oásis fumegava; ao longe, ouvíamos ressoar o Uádi[4], que transbordava. O ar era tão puro e agradável que me senti muito melhor. Marceline chegou; apeteceu-nos sair, mas a lama que havia naquele dia reteve-nos.

Alguns dias depois, voltámos ao vergel de Lassif; os caules pareciam pesados, moles e inchados pela água. Essa terra africana, cujo tempo de repouso eu não conhecia, submersa durante longos dias, despertava agora do inverno, ébria de água, rebentando de seivas novas; ela ria-se com uma primavera frenética, cuja reverberação eu sentia a dobrar em mim mesmo. Ashour e Moktir acompanharam-nos inicialmente; saboreava ainda a sua amizade simples que custava apenas meio franco por dia; mas em

---

[4] Termo muito comum nas regiões desérticas do Norte de África e do Médio Oriente e que designa um leito seco de rio no qual as águas correm apenas na estação das chuvas. [*N. do T.*]

breve, cansado deles, já não estando eu próprio tão fraco que precisasse ainda do exemplo da sua saúde, e, não encontrando mais nas suas brincadeiras o alimento da minha alegria, redirecionei para Marceline a exaltação do meu espírito e dos meus sentidos. A alegria que ela demonstrou com isso mostrou-me o quão triste ficara antes. Desculpei-me como uma criança por tê-la tantas vezes negligenciado, atribuí à minha fraqueza o meu humor instável e estranhíssimo, afirmei que até então me encontrava demasiado cansado para amar, mas que, dali em diante, sentia que, com a minha saúde, cresceria também o meu amor. Estava a ser sincero; mas, sem dúvida, encontrava-me ainda muito fraco, pois só mais de um mês depois é que desejei Marceline.

A cada dia, entretanto, o calor aumentava. Nada nos prendia a Biskra — a não ser esse encanto que haveria de chamar-me de volta a ela mais tarde. A nossa resolução de partir foi repentina. Em três horas a nossa bagagem estava pronta. O comboio partia na madrugada seguinte...

Lembro-me da última noite. A lua estava quase cheia; ela entrava diretamente no meu quarto através da janela grande e escancarada. Marceline dormia, creio. Eu estava deitado, mas não conseguia dormir. Ardia de uma espécie de febre feliz, que não era mais do que vida... Levantei-me, mergulhei as mãos e o rosto na água, depois, empurrando a porta envidraçada, saí.

Já era tarde; nem um som, nem uma brisa; o próprio ar parecia adormecido. Ao longe, mal se ouviam os cães árabes que, como chacais, ganem a noite inteira. Diante de mim, o pequeno pátio; a muralha, à minha frente, projetava sobre ele uma aba de sombra oblíqua; as palmeiras comuns, já sem cor nem vida, pareciam

imobilizadas para sempre... Mas mesmo no sono encontramos ainda uma palpitação de vida — nada ali parecia dormir; tudo parecia morto. Aquela calma aterrorizou-me; e, de repente, como que para protestar, como que para se afirmar, como que para se desolar no silêncio, invadiu-me de novo o sentimento trágico da minha vida, tão violento, quase doloroso, e com tal ímpeto que eu teria gritado, se pudesse gritar como as bestas. Lembro-me de que segurei a mão esquerda com a direita; quis levá-la à cabeça e fi-lo. Para quê? Para me assegurar de que estava vivo e achar isso admirável. Toquei a fronte, as pálpebras. Senti um arrepio. Chegará o dia, pensei, chegará o dia em que, até mesmo para levar aos lábios a água que mais deseje, já não terei forças… Voltei a entrar, mas não me deitei logo; quis fixar aquela noite, impor a sua lembrança ao meu pensamento, retê-la; indeciso quanto ao que faria, peguei num livro que estava sobre a minha mesa — a Bíblia —, deixei que se abrisse ao acaso; inclinado à luz do luar poderia ler; li aquelas palavras de Cristo a Pedro, aquelas palavras que, infelizmente, nunca mais conseguiria esquecer: «Quando eras mais novo, tu mesmo te cingias e andavas por onde querias; mas, quando fores velho, estenderás as tuas mãos…»[5] Estenderás as tuas mãos…

No dia seguinte, ao amanhecer, partimos.

[5] Jo 21, 18. [*N. do T.*]

VI

Não falarei de cada uma das etapas da viagem. Algumas delas deixaram-nos apenas uma recordação difusa; a minha saúde, ora melhor, ora pior, oscilava ainda sob o vento frio, inquietava-se com a sombra de uma nuvem, e o meu estado nervoso desencadeava perturbações frequentes; mas os meus pulmões, pelo menos, estavam a sarar. Cada recidiva era menos longa e menos grave; o seu ataque era igualmente forte, mas o meu corpo estava cada vez mais bem preparado para ela.

De Tunes tínhamos ido para Malta, depois para Siracusa; estava de regresso à terra clássica cuja língua e cujo passado me eram conhecidos. Desde o início da minha doença que eu havia vivido sem qualquer tipo de exame, sem lei, aplicando-me simplesmente a viver, como fazem o animal ou a criança. Menos absorvido agora pelo mal, a minha vida tornou-se de novo certa e consciente. Depois dessa longa agonia, julgara possível poder renascer exatamente igual e que em breve conseguiria ligar o meu presente ao passado; no meio da novidade de uma terra desconhecida podia iludir-me a esse ponto; aqui, não; aqui, tudo me ensinava aquilo que ainda me surpreendia: eu havia mudado.

Quando, em Siracusa e mais adiante, quis retomar os meus estudos, mergulhar de novo, como outrora, no exame

meticuloso do passado, descobri que alguma coisa havia, se não suprimido, pelo menos modificado em mim esse gosto; era o sentimento do presente. A história do passado assumia agora aos meus olhos essa imobilidade, essa assustadora fixidez das sombras noturnas no pequeno pátio de Biskra, a imobilidade da morte. Antes, congratulava-me com essa mesma fixidez que permitia a precisão do meu espírito; todos os factos da história apareciam-me como as peças de um museu ou, melhor, como as plantas de um herbário, cuja secura definitiva me ajudava a esquecer que um dia, ricas de seiva, elas haviam vivido sob o sol. Agora, de forma a poder tirar ainda algum prazer da história, precisava de imaginá-la no presente. Os grandes factos políticos deviam, portanto, emocionar-me substancialmente menos do que a emoção que renascia em mim pelos poetas, ou por certos homens de ação. Em Siracusa reli Teócrito, imaginando que os seus pastores de belos nomes eram os mesmos que eu havia amado em Biskra.

A minha erudição, que despertava a cada passo, estorvava-me, era um entrave à minha alegria. Não podia ver um teatro grego, ou um templo, sem imediatamente o reconstruir de forma abstrata. Perante cada festa antiga, a ruína que subsistira no seu lugar fazia-me lamentar profundamente que ela tivesse morrido; e tinha horror à morte.

Cheguei a fugir das ruínas; a preferir aos mais belos monumentos do passado esses jardins baixos a que chamamos latomias[6], onde os limões têm a ácida doçura das laranjas, e as margens do

---

[6] As latomias eram covas utilizadas na antiguidade clássica para aprisionar escravos, criminosos e prisioneiros de guerra. Utilizadas tanto enquanto pedreiras como enquanto prisões, as latomias de Siracusa (Latomia dei Cappuccini, Latomia del Paradiso...), às quais o autor se refere, foram particularmente famosas. [*N. do T.*]

Cíane, que, entre papiros, corre ainda tão azul como no dia em que lá foi chorar Prosérpina.

Cheguei a desprezar em mim essa ciência que era antes o meu orgulho; esses estudos, que eram toda a minha vida, já não pareciam ter comigo senão uma relação totalmente acidental e convencional. Descobria-me outro e existia, ó alegria!, fora deles. Enquanto especialista, parecia-me a mim mesmo estúpido. Enquanto homem — conhecia-me eu? —, mal tinha acabado de nascer e não podia ainda saber quem é que nascia. Eis o que era preciso descobrir.

Não há nada mais trágico, para quem pensou que ia morrer, que uma lenta convalescença. Depois da asa da morte o ter tocado, aquilo que parecia importante não o é mais; outras coisas, que não o pareciam ser ou cuja existência era mesmo por nós ignorada, ganham importância. O conjunto de todos os conhecimentos adquiridos pelo nosso espírito sai como uma maquilhagem e, em alguns lugares, deixa a nu a própria carne, o ser autêntico que se escondia.

Foi *esse*, desde logo, que eu pretendi descobrir: o ser autêntico, o «velho homem», aquele que o Evangelho já não queria; aquele que tudo à minha volta, os livros, os mestres, os meus pais e eu próprio, tinha tentado, à partida, suprimir. E ele aparecia-me já, graças aos elementos sobrepostos, mais apagado e difícil de descobrir, mas, por isso mesmo, mais necessário de descobrir e mais valioso. Desprezei, a partir daí, esse ser secundário, aprendido, que a instrução havia desenhado por cima. Era preciso livrar-me desses elementos sobrepostos.

E eu comparava-me com os palimpsestos; provei a alegria do sábio que, sob os escritos mais recentes, descobre, no mesmo papel, um texto muito antigo, infinitamente mais precioso.

Qual era ele, esse texto oculto? Para o ler, não seria necessário, antes de mais, apagar os textos recentes?

Assim, eu não era mais o ser enfermiço e estudioso, a quem a minha moral anterior, absolutamente rígida e restritiva, convinha. Havia aqui mais do que uma convalescença; havia um aumento, um recrudescimento de vida, o afluxo de um sangue mais rico e mais quente que devia tocar os meus pensamentos, tocá-los um a um, penetrar tudo, emocionar, colorir as mais remotas, delicadas e secretas fibras do meu ser. Porque a robustez ou a fraqueza são coisas que se adquirem; o ser forma-se de acordo com as forças que tem; mas, para que elas aumentem, para que elas permitam sermos capazes de mais, e… Todos esses pensamentos eu não os tinha na altura, e o meu retrato aqui desmente-me. Verdade seja dita, eu não pensava de todo, não me examinava de todo; uma feliz fatalidade guiava-me. Temia que um olhar mais precipitado viesse perturbar o mistério da minha lenta transformação. Era preciso dar tempo para que os caracteres apagados reaparecessem, e não procurar formá-los. Deixando, pois, o meu cérebro não ao abandono, mas em pousio, entreguei-me voluptuosamente a mim próprio, às coisas, ao todo, que me pareceu divino. Tínhamos partido de Siracusa e eu circulava ao longo da estrada escarpada que liga Taormina a La Mole, gritando, para o chamar a mim: Um novo ser! Um novo ser!

O meu único esforço, esforço então constante, era o de, sistematicamente, amaldiçoar ou suprimir tudo aquilo que eu julgava dever unicamente à minha educação passada e à minha primeira moral. Por resoluto desdém para com a minha ciência, por desprezo para com os meus gostos de erudito, recusei ver Agrigento, e, alguns dias mais tarde, no caminho que leva a Nápoles, não me detive junto ao belo templo de Pesto, onde

a Grécia ainda respira, e onde, dois anos depois, fui rezar já não sei a que deus.

Que digo eu? Qual esforço único? Poderia eu ter algum interesse por mim, senão enquanto ser perfectível? Nunca a minha vontade se exaltara tanto como para alcançar essa perfeição desconhecida e que eu confusamente imaginava; empregava toda essa vontade a fortalecer o meu corpo, a bronzeá-lo. Perto de Salerno, deixando a costa, chegámos a Ravello. Ali, o ar mais fresco, a atração dos penedos repletos de recortes e de surpresas, a profundidade desconhecida dos pequenos vales foram um auxílio para a minha força, para a minha alegria, favorecendo o meu alento.

Mais próxima do céu do que afastada da beira-mar, Ravello, sobre uma encosta íngreme, faz frente ao longínquo e plano litoral de Pesto. Era, sob o domínio normando, uma cidade de certa importância; agora não passa de uma pequena aldeia, onde éramos, creio, os únicos estrangeiros. Uma antiga casa religiosa, presentemente transformada em hotel, serviu-nos de alojamento; situada na extremidade do penedo, os seus terraços e o seu jardim pareciam pairar no azul. Para lá do muro coberto de pâmpanos, não víamos, de início, nada senão o mar; era preciso chegarmos junto do muro para podermos acompanhar a vertente cultivada que, mais em socalcos do que em veredas, unia Ravello à costa. Acima de Ravello, a montanha continuava. Oliveiras, enormes alfarrobeiras; à sua sombra, cíclames; mais acima, castanheiros em grande número, ar frio, plantas do Norte; mais abaixo, perto do mar, limoeiros. Estão dispostos em pequenos cultivos, por causa da inclinação do terreno; são jardins em socalco, quase iguais; uma estreita álea, no meio, atravessa-os de uma ponta à outra; entra-se ali sem barulho, furtivamente. Sonha-se sob essa

sombra verde; a folhagem é espessa, pesada; nenhum raio de luz a penetra; como gotas de cera espessa, os limões pendem, perfumados; na sombra, eles são brancos e esverdeados; estão ao alcance da mão, da sede; são doces, acres; refrescam.

Debaixo deles a sombra era tão densa que não me atrevi a parar aí depois da caminhada que ainda me fizera transpirar. No entanto, os socalcos já não me extenuavam; exercitava-me a transpô-los com a boca fechada; espaçava cada vez mais as minhas paragens, dizia para mim mesmo: irei até ao fim sem vacilar; depois, tendo atingido o meu objetivo, encontrando no meu orgulho satisfeito a minha recompensa, respirava longa e fortemente, e de tal forma que parecia sentir o ar penetrar mais eficazmente no meu peito. Transferia para todos esses cuidados com o corpo o meu zelo de outrora. Melhorava a olhos vistos.

Às vezes surpreendia-me que a minha saúde tivesse voltado tão depressa. Cheguei a acreditar que havia exagerado, de início, a gravidade do meu estado; a duvidar que tivesse estado muito doente, a rir dos escarros de sangue, a lamentar que a minha cura não tivesse sido mais difícil.

De início havia tratado da minha saúde de uma forma muito tola, ignorando as necessidades do meu corpo. Estudei-o pacientemente e tornei-me, no que diz respeito à prudência e aos cuidados, tão engenhoso e constante que me divertia no seu estudo como num jogo. Aquilo que ainda me custava mais a suportar era a minha sensibilidade doentia à mais pequena alteração de temperatura. Agora que os meus pulmões estavam curados, atribuía essa hiperestesia à minha debilidade nervosa, relíquia da doença. Resolvi vencer isso também. A visão das belas peles bronzeadas e como que penetradas de sol que, de camisa aberta, alguns camponeses mais desleixados mostravam enquanto trabalhavam

nos campos incitava-me a deixar-me igualmente bronzear. Uma manhã, tendo-me despido, olhei para mim mesmo; a visão dos meus braços demasiado magros, dos meus ombros, que nem os maiores esforços conseguiam puxar suficientemente para trás, mas, sobretudo, da brancura ou, melhor, da descoloração da minha pele encheu-me de vergonha e de lágrimas. Vesti-me rapidamente e, em vez de descer em direção a Amalfi, como costumava fazer, dirigi-me para os rochedos cobertos de erva rasa e de musgo, longe das casas, longe dos caminhos, onde sabia que não podia ser visto. Aí chegado, despi-me lentamente. O ar estava quase fresco, mas o sol escaldava. Ofereci todo o meu corpo à sua chama. Sentei-me, deitei-me, virei-me de costas. Sentia debaixo de mim o solo duro; a agitação louca das ervas roçava o meu corpo. Mesmo ao abrigo do vento, eu tremia e latejava a cada pequena brisa. Logo fui envolvido por um calor delicioso; todo o meu ser afluía à minha pele.

Permanecemos em Ravello durante quinze dias; todas as manhãs voltava a esses rochedos, fazia a minha cura. Em breve, o excesso de roupa com que ainda me cobria tornou-se incómodo e supérfluo; a minha epiderme tonificada deixou de transpirar constantemente e foi capaz de se proteger com o seu próprio calor.

Na manhã de um dos últimos dias (estávamos em meados de abril), arrisquei ainda mais. Numa das anfractuosidades dos rochedos de que falo, corria uma nascente clara. Ali mesmo, ela caía em cascata, não muito abundante, é verdade, mas, sob a cascata, havia sido escavada uma bacia mais profunda onde a água, muito pura, se detinha. Por três vezes já ali fora, debruçara-me, estendera-me ao longo da borda, cheio de sede e de desejos; contemplara longamente o fundo de rocha polida, onde não se via qualquer tipo de mácula, uma erva que fosse, e onde o sol,

vibrando e matizando, penetrava. Nesse quarto dia avancei, já com resolução tomada, até à água, que estava mais clara do que nunca, e, sem pensar duas vezes, mergulhei. Logo, transido de frio, saí da água e estendi-me sobre a erva, ao sol. Ali ao pé cresciam folhas de hortelã, perfumadas; colhi algumas, amassei-as, esfreguei com elas todo o meu corpo húmido, mas ardente. Olhei-me longamente, já sem qualquer vergonha, com alegria. Dei por mim, ainda não robusto, mas capaz de o ser, harmonioso, sensual, quase belo.

VII

Assim contentava-me eu em ter, por ação e por trabalho, exercícios físicos que, sem dúvida, influíam na minha moral mudada, mas que já não me pareciam senão um treino, um simples meio, e que já não conseguiam satisfazer-me por si mesmos.

Há um outro facto, que aos vossos olhos talvez pareça ridículo, mas que vos vou relatar, porquanto ele precisa, na sua puerilidade, a necessidade que me atormentava de manifestar exteriormente a mudança íntima do meu ser: em Amalfi, cortei a barba.

Até esse momento, usara barba comprida e o cabelo cortado quase rente. Não me passava pela cabeça que, de igual modo, poderia ter usado um penteado diferente. E, de repente, no dia em que, pela primeira vez, fiquei nu sobre o rochedo, aquela barba incomodou-me; era como uma última peça de roupa da qual não me conseguia despojar; sentia-a como que postiça; era cuidadosamente aparada, não em ponta, mas numa forma quadrada, que me pareceu imediatamente muito desagradável e ridícula. Quando voltei ao quarto de hotel, olhei-me ao espelho e desagradou-me; tinha o ar do que havia sido até então: um aluno da École des Chartes. Logo após o almoço, desci a Amalfi, a decisão completamente tomada. A vila é muito pequena: tive de contentar-me com

uma vulgar tenda que havia na praça. Era dia de mercado; o estabelecimento estava cheio; tive de esperar interminavelmente; mas nada, nem a navalha duvidosa, nem o pincel da barba amarelo, nem o cheiro, nem a conversa do barbeiro, me podia fazer voltar atrás. Ao sentir a minha barba cair sobre a tesoura tive a impressão de que tirava uma máscara. Não importa!... Quando, em seguida, me observei, a emoção que me invadiu e que reprimi o melhor que pude não foi alegria, mas medo. Não discuto esse sentimento; constato-o. Achei as minhas feições bastante bonitas... Não, o medo vinha-me do facto de me ter parecido que era possível às pessoas verem a nu o meu pensamento e de, subitamente, ele se me ter afigurado medonho.

Em compensação, deixei crescer o cabelo.

Eis aqui tudo o que o meu ser novo, ainda desocupado, encontrava para fazer. Pensava que nasceriam dele atos assombrosos para mim mesmo; mas mais tarde; mais tarde, dizia para comigo, quando o ser estiver mais formado. Forçado a viver esperando, eu conservava, como Descartes, uma forma provisória de agir. Pude assim ludibriar Marceline. A mudança da minha aparência, é verdade, sobretudo no dia em que apareci sem barba, a expressão nova das minhas feições talvez a tenha inquietado, mas ela amava-me já demasiado para me ver como eu realmente era; além disso, tranquilizei-a o melhor que pude. O importante era que ela não perturbasse o reconhecimento que eu fazia de mim próprio; para o subtrair ao seu olhar, eu teria, pois, de dissimular.

De resto, aquele que Marceline amava, aquele com quem ela havia casado, não era o meu «novo ser». E repetia isso constantemente para mim mesmo, para me animar a escondê-lo. Assim, oferecia-lhe apenas uma imagem de mim que, para ser constante e fiel ao passado, se ia tornando, cada dia, mais falsa.

Nessa espera, as minhas relações com Marceline permaneceram — ainda que exaltadas por um amor cada vez maior. A minha própria dissimulação (se assim se pode chamar à necessidade de preservar os meus pensamentos do seu julgamento) aumentava-o. Quero com isso dizer que esse jogo fazia com que me dedicasse sem cessar a Marceline. Talvez essa sujeição à mentira me tenha custado um pouco ao início; mas rapidamente cheguei à conclusão de que as coisas consideradas as piores (a mentira, para me ater unicamente a essa) só são difíceis de fazer desde que nunca as tenhamos feito; e mais, que elas se tornam, e muito rapidamente, cómodas, aprazíveis, fáceis de repetir, e, mais depressa do que pensamos, naturais. Assim, pois, como com tudo aquilo em que conseguimos superar uma primeira aversão, acabei por encontrar prazer nessa mesma dissimulação, a persistir nela, como no jogo das minhas faculdades desconhecidas. E avançava cada dia, numa vida mais rica e mais plena, em direção a uma felicidade mais saborosa.

VIII

A estrada que vai de Ravello a Sorrento é tão bonita que, naquela manhã, não aspirava a ver nada de mais belo sobre a terra. A aspereza quente da rocha, a abundância de ar, os aromas, a limpidez, tudo me enchia do adorável encanto de viver, e isso bastava-me ao ponto de nada mais senão uma leve alegria parecer habitar em mim; recordações ou pesares, esperança ou desejo, o futuro e o passado silenciavam-se; nada mais sabia da vida senão que aquilo que ela trazia o instante levava. Ó alegria física!, gritava-me eu. Ritmo seguro dos meus músculos! Saúde...!

Tinha partido de manhã cedo, antes de Marceline, cuja alegria demasiado calma teria moderado a minha, como o seu passo teria retardado o meu. Ela iria ter comigo de carruagem a Positano, onde almoçaríamos.

Estava a chegar a Positano quando um barulho de rodas, servindo de baixo a um estranho canto, me fez, de repente, voltar a cabeça. De início, nada consegui ver, por causa de uma curva da estrada que contorna, nesse troço, o penhasco; depois, bruscamente, apareceu uma carruagem, a uma velocidade desenfreada; era a de Marceline. O cocheiro cantava a plenos pulmões, fazia grandes gestos, levantava-se do seu assento, chicoteava ferozmente o cavalo desvairado. Que bruto! Passou por mim,

não tive tempo senão para me desviar, e não se deteve ao meu apelo… Lancei-me na sua direção: mas a carruagem ia demasiado depressa. Receava, ao mesmo tempo, ver Marceline saltar subitamente da carruagem ou permanecer dentro dela; um sobressalto do cavalo podia precipitá-la ao mar… De repente, o cavalo caiu. Marceline desceu; queria fugir, mas eu já estava ao pé dela. O cocheiro, ao ver-me, recebeu-me com terríveis pragas. Estava furioso com o homem; ao primeiro insulto, avancei para ele e derrubei-o brutalmente do seu assento. Caímos por terra, mas eu não perdi a vantagem; o homem parecia atordoado pela queda, e logo ficou ainda mais com o murro que lhe acertei em cheio na cara, quando vi que ele me queria morder. No entanto, não o larguei, pressionando o meu joelho contra o seu peito e tratando de imobilizar-lhe os braços. Olhei para o seu rosto hediondo, que o meu murro tornara ainda mais feio; ele cuspia, babava, sangrava, praguejava, ah, o miserável! É verdade! Estrangulá-lo parecia-me legítimo — e talvez o tivesse feito… Pelo menos senti-me capaz disso; e acredito que só o lembrar-me da polícia me deteve.

Consegui, não sem esforço, amarrar firmemente o raivoso. Como um saco, atirei-o para dentro da viatura.

Ah, que olhares e que beijos trocámos depois. O perigo não tinha sido grande; mas tivera de mostrar a minha força, e isso para a proteger. Pareceu-me, naquele instante, que podia dar a minha vida por ela… E dá-la com alegria… O cavalo tinha-se levantado. Deixando ao bêbado o fundo da carruagem, subimos os dois para o assento e, conduzindo o melhor que sabíamos, conseguimos chegar a Positano, e depois a Sorrento.

Foi nessa noite que possuí Marceline.

Já compreenderam, ou devo repetir, que me sentia como novo nas coisas do amor? Talvez tenha sido a essa novidade que

a nossa noite de núpcias ficou a dever o seu encanto… Porque me parece, quando hoje a recordo, que essa primeira noite foi a única, tanto a expectativa e a surpresa do amor acrescentavam ao prazer novas delícias — tanto uma única noite é suficiente ao maior amor para se explanar, e tanto a minha lembrança se obstina em recordar-me unicamente essa noite. Foi um riso de um momento, onde as nossas almas se confundiram… Mas creio que não há senão um instante de amor, único, e que a alma, mais tarde, ah!, procura em vão sobrepujar; que o esforço que ela faz para ressuscitar a sua felicidade consome-a; que nada impede tanto a felicidade como a lembrança da felicidade. Infelizmente, eu lembro-me daquela noite…

O nosso hotel ficava fora da vila, rodeado de jardins, de vergéis; uma varanda muito larga prolongava o nosso quarto; ramos de árvore roçavam nela. A aurora entrava livremente pela grande vidraça aberta. Levantei-me suavemente e curvei-me ternamente sobre Marceline. Ela dormia; ela parecia sorrir enquanto dormia. Pareceu-me, por estar mais forte, que a sentia mais delicada, e que a sua graça era uma fragilidade. Pensamentos tumultuosos rodopiavam na minha cabeça. Pensava que ela não me mentia quando me dizia que eu era tudo para ela; e depois: «Que faço eu para sua alegria? Quase todos os dias e durante todo o dia eu abandono-a; ela espera tudo de mim, e eu deixo-a só… Ah, pobre, pobre Marceline…» Os meus olhos encheram-se de lágrimas. Em vão procurei uma desculpa na minha debilidade passada; o que é que eu agora tinha que ver com a necessidade constante de cuidados e de egoísmo?... Não era eu, presentemente, mais forte do que ela?

O sorriso tinha deixado a sua face; a aurora, apesar de dourar todas as coisas, fez-me vê-la, subitamente, triste e pálida —

e talvez a aproximação da manhã me dispusesse para a angústia: «Deverei eu um dia, por meu turno, cuidar de ti, preocupar-me contigo, Marceline?», gritava eu por dentro. Estremeci e, trespassado de amor, de piedade, de ternura, depus docemente entre os seus olhos fechados o mais terno, o mais amoroso e o mais piedoso dos beijos.

IX

Os poucos dias que passámos em Sorrento foram dias risonhos e muito tranquilos. Teria eu alguma vez provado tamanho repouso, tamanha felicidade? Voltaria eu, no futuro, a provar semelhante coisa…? Estive sempre perto de Marceline; ocupando-me menos de mim, ocupava-me mais dela, e encontrei, a conversar com ela, a alegria que tirava dos dias que antecederam a minha decisão de me remeter ao silêncio.

A princípio, fiquei surpreso ao sentir que a nossa vida errante, que eu considerava satisfazer-me plenamente, não lhe agradava senão enquanto estado provisório; mas logo a ociosidade daquela vida se tornou para mim evidente; aceitei que ela tinha o seu próprio tempo, e, pela primeira vez, com um desejo de trabalho renascido da própria desocupação na qual a minha saúde pôde, finalmente, ser restabelecida, falei seriamente em regressar; pela alegria que Marceline demonstrou, percebi que ela pensava nisso há muito tempo.

No entanto, os poucos trabalhos de história em que começava a pensar não tinham para mim o mesmo gosto. Já vos disse: depois da minha doença, o conhecimento abstrato e neutro do passado parecia-me vão, e se outrora pudera ocupar-me com pesquisas filológicas, dedicando-me, por exemplo, em precisar

o peso da influência gótica na deformação da língua latina, e negligenciando, ignorando as figuras de Teodorico, de Cassiodoro, de Amalasunta e as suas admiráveis paixões, para não me entusiasmar senão com os sinais e com os resíduos das suas vidas, agora esses mesmos sinais, e a filologia como um todo, afiguravam-se-me apenas um meio para melhor penetrar naquilo cujas grandeza selvagem e nobreza me haviam sido reveladas. Resolvi ocupar-me sobretudo daquela época, limitar-me por algum tempo aos últimos anos do império dos Godos, e tirar partido da nossa próxima passagem por Ravena, teatro da sua agonia.

Mas confesso que a figura do jovem rei Atalarico era a que mais me atraía. Imaginava esse rapaz de quinze anos, surdamente incitado pelos Godos, revoltar-se contra a sua mãe Amalasunta, insurgir-se contra a sua educação latina, rejeitar a cultura como um cavalo inteiro rejeita um arreio incómodo, e, preferindo a companhia dos Godos incultos à do velho e demasiado sábio Cassiodoro, desfrutar alguns anos, com os rudes favoritos da sua idade, de uma vida violenta, voluptuosa e desenfreada para, depois, morrer aos dezoito anos, todo estragado, saciado de devassidão. Reconhecia, nesse trágico impulso para um estado mais selvagem e intacto, algo daquilo a que Marceline, sorrindo, chamava «a minha crise». Procurava uma justificativa para, pelo menos, aplicar aí o meu espírito, já que não ocupava mais nisso o meu corpo; e, a respeito da horrível morte de Atalarico, convenci-me o melhor que pude de que havia aí uma lição a tirar.

Antes de Ravena, onde ficaríamos durante quinze dias, veríamos rapidamente Roma e Florença, depois, deixando Veneza e Verona, apressaríamos o fim da viagem, detendo-nos unicamente em Paris. Encontrei um prazer completamente novo em falar sobre o futuro com Marceline; uma certa indecisão permanecia

ainda quanto ao que faríamos no verão; cansados de viagens, um e o outro, não queríamos voltar a partir; desejava para os meus estudos a maior das tranquilidades e pensámos numa propriedade arrendada entre Lisieux e Pont-l'Évêque, no mais verde recanto da Normandia — propriedade essa outrora pertencente à minha mãe, onde, na sua companhia, eu tinha passado alguns verões da minha infância, mas à qual não havia regressado desde a sua morte. O meu pai tinha confiado a sua manutenção e vigilância a um caseiro, hoje já idoso, que recebia as rendas por ele e que, depois, regularmente, no-las enviava. Era uma casa grande e muito agradável, num jardim cortado por águas claras, que me deixara memórias encantadoras; chamávamos-lhe La Morinière; pareceu-me que seria bom ficar ali algum tempo.

Falei em passar o inverno seguinte em Roma — trabalhando, desta vez não como viajante... Mas este último projeto foi rapidamente abandonado: entre a importante correspondência que, desde há muito, nos esperava em Nápoles, uma carta informava-me que, tendo vagado, subitamente, uma cátedra no Collège de France, o meu nome havia sido várias vezes mencionado; tratava-se apenas de uma substituição, mas que, por isso mesmo, me deixaria no futuro com uma maior liberdade; o amigo que me dava conhecimento desse facto indicava-me, caso decidisse aceitar, que simples trâmites deveria seguir — e pressionava-me veementemente a aceitar. Hesitei, vendo de início naquilo sobretudo uma escravidão; depois pensei que poderia ser interessante expor, num curso, os meus trabalhos sobre Cassiodoro... O prazer que daria a Marceline acabou, no fim de contas, por me ajudar a decidir. E, uma vez tomada a decisão, não via senão as suas vantagens.

No mundo erudito de Roma e de Florença, o meu pai mantinha vários conhecimentos, com os quais, eu próprio, já havia

trocado correspondência. Eles proporcionaram-me todos os meios para fazer as pesquisas que queria, em Ravena e noutros lugares; já não pensava senão no trabalho. Marceline esforçava-se ao máximo por o facilitar em tudo, através de mil atenções encantadoras e de mil amabilidades.

A nossa felicidade, durante esta última parte da viagem, foi sem igual, tão tranquila, que nada tenho a contar-vos sobre ela. As mais belas obras dos homens são obstinadamente dolorosas. Qual seria a história da felicidade? Nenhuma, que só se pode contar aquilo que a prepara e, depois, aquilo que a destrói. E tudo aquilo que a preparou já vos disse.

SEGUNDA PARTE

I

Chegámos a La Morinière nos primeiros dias de julho, tendo apenas parado em Paris o tempo estritamente necessário para nos abastecermos de provisões e para procedermos a algumas poucas visitas.

La Morinière, já o referi, está situada entre Lisieux e Pont-l'Évêque, na região mais sombria e mais húmida que conheço. Múltiplos vales, estreitos e suavemente encurvados, desembocam não muito longe do enorme vale de Auge, que se aplana, repentinamente, até ao mar. Nenhum horizonte; bosques cheios de mistério; alguns campos, mas sobretudo prados, pastagens de suaves inclinações, cuja espessa erva é cortada duas vezes por ano, onde numerosas macieiras, quando o sol está baixo, juntam as suas sombras, onde rebanhos livres pastam; em cada concavidade, água, lagoa, represa ou ribeira; é possível ouvirmos continuamente o rumor de correntes.

Ah, como me lembrava bem da casa!, dos seus telhados azuis, das suas paredes de tijolo e de pedra, das suas valas, dos reflexos nas águas estagnadas... Era uma velha casa que poderia alojar mais de doze pessoas; Marceline, três criados e eu próprio, que por vezes ajudava, tivemos muito que fazer para dar vida a uma parte dela. O nosso velho caseiro, de seu nome Bocage,

já tinha preparado, o melhor que sabia, algumas assoalhadas: os velhos móveis acordaram do seu sono de vinte anos; tudo estava tal como me lembrava, os lambris não demasiado estragados, os quartos razoavelmente habitáveis. Para melhor nos receber, Bocage havia enchido de flores todos os vasos que encontrara. Tinha mandado arrancar as ervas daninhas, roçar o mato do pátio principal e das áleas mais próximas do jardim. A casa, no momento em que chegámos, recebia os últimos raios de sol, e do vale que se encontrava à sua frente havia-se levantado uma bruma imóvel que velava e revelava o rio. Ainda antes de chegarmos, reconheci, subitamente, o cheiro da erva; e quando ouvi de novo, em torno da casa, os gritos agudos das andorinhas, todo o passado, de repente, se levantou, como se me esperasse e, reconhecendo-me, quisesse fechar-se novamente à minha aproximação.

Ao fim de alguns dias, a casa ficou razoavelmente confortável; poderia ter começado logo a trabalhar; demorei-me, ouvindo-a ainda lembrar-me minuciosamente o meu passado, e, logo depois, ocupado por uma emoção completamente nova: Marceline, uma semana após a nossa chegada, confidenciou-me que estava grávida.

Pareceu-me que lhe devia, a partir daí, novos cuidados, que ela tinha direito a mais ternura; pelo menos nos primeiros tempos que se seguiram à sua confidência, passei junto dela quase todos os momentos do dia. Costumávamos sentar-nos perto do bosque, no banco onde, outrora, costumava sentar-me com a minha mãe; ali, quanto mais voluptuoso se nos apresentava cada instante, mais impercetivelmente o tempo corria. Dessa época da minha vida, se nenhuma recordação distinta dela se destaca, não é porque guarde em relação a ela uma gratidão menos viva — mas antes porque tudo então se misturava, se fundia num bem-estar

uniforme, onde, sem transições, a noite se unia à manhã, onde os dias se ligavam uns aos outros sem surpresas.

Retomei lentamente o meu trabalho, o espírito calmo, disposto, seguro da sua força, encarando o futuro com confiança e sem paixão, a vontade como que suavizada, como que acatando o conselho desta terra temperada.

Seguramente, pensava eu, que o exemplo desta terra, onde tudo se prepara para a frutificação, para a colheita proveitosa, só pode ter sobre mim uma influência benéfica. Admirava o tranquilo futuro que prometiam esses robustos bois, essas vacas prenhas naqueles opulentos prados. As macieiras ordenadamente plantadas nas favoráveis encostas das colinas anunciavam para aquele verão apanhas soberbas; sonhava com a enorme quantidade de frutos que, muito em breve, iria vergar os seus ramos. A partir dessa ordenada abundância, desta alegre servidão, dessas culturas sorridentes, estabelecia-se uma harmonia, já não fortuita, mas imposta, um ritmo, uma beleza simultaneamente humana e natural, onde já não sabíamos o que é que admirávamos, de tal modo se mesclavam numa concertação perfeita a fecunda explosão da natureza livre e o conhecedor esforço do homem para a regular. Que seria desse esforço, pensava eu, sem a poderosa selvajaria que ele domina? Que seria do selvagem impulso dessa seiva transbordante sem o esforço inteligente que o restringe e o conduz, sorrindo, à exuberância? E deixava-me sonhar com terras onde todas as forças fossem tão bem reguladas, todos os gastos tão compensados, todas as trocas tão rigorosas que a menor perda se tornasse percetível; depois, aplicando o meu sonho à vida, construía para mim uma ética que se tornou uma ciência da perfeita utilização de si mesma através de uma inteligente disciplina.

Onde se enfiaram, onde se esconderam, as minhas agitações de antigamente? Parecia, tão calmo estava, que elas nunca haviam existido. A torrente do meu amor tinha-as coberto a todas.

Entretanto, à nossa volta, o velho Bocage exercia o seu zelo; dirigia, vigiava, aconselhava; sentíamos, em demasia, a sua necessidade de se mostrar indispensável. Para não o ofendermos, tivemos de examinar as suas contas, ouvirmos, de fio a pavio, as suas infindáveis explicações. Mas isso não era suficiente para ele; tive de acompanhá-lo numa visita às terras. A sua sentenciosa probidade, os seus contínuos discursos, a evidente satisfação consigo mesmo, a exibição que fazia da sua honestidade começaram a exasperar-me ao fim de pouco tempo; tornava-se cada vez mais insistente, e todos os meios começaram a parecer-me bons para recuperar a minha tranquilidade — quando um acontecimento inesperado veio dar à minha relação com ele um carácter diferente: Bocage, certa noite, comunicou-me que, no dia seguinte, esperava o seu filho Charles.

Pronunciei um «Ah!» quase indiferente, pois não tinha, até então, pensado muito nos filhos que Bocage pudesse ter; então, vendo que a minha indiferença o chocava, que ele esperava de mim alguma manifestação de interesse ou de surpresa:

— Então, onde é que ele está agora? — perguntei.

— Numa escola agrícola, perto de Alençon — respondeu Bocage.

— Ele deve ter agora os seus… — continuei, calculando a idade desse filho cuja existência eu desconhecia até então, e falando muito lentamente para lhe dar tempo de me interromper…

— Dezassete anos cumpridos — disse Bocage. — Não tinha muito mais de quatro anos quando a senhora sua mãe morreu. Ah, já está um rapagão; e logo, logo, saberá mais do que o pai…

E Bocage, uma vez lançado, nada o podia deter, por mais que eu fizesse transparecer o meu cansaço.

Nunca mais pensara eu nisso, quando Charles, ao final do dia seguinte, recém-chegado, veio apresentar-nos, a Marceline e a mim, os seus respeitos. Era um bonito rapaz, tão cheio de saúde, tão desembaraçado, tão bem constituído, que o pavoroso traje domingueiro que havia vestido em nossa honra não conseguia torná-lo demasiado ridículo; a sua timidez pouco acrescentava ao seu belo rubor natural. Parecia não ter mais de quinze anos, tanto a claridade do seu olhar permanecia infantil; expressava-se de uma forma clara, sem falsas modéstias, e, ao contrário do seu pai, não falava para não dizer nada.

Já não sei sobre o que é que falámos naquela primeira noite; ocupado a observá-lo, não consegui pensar em nada para lhe dizer e deixei que fosse Marceline a falar com ele. Mas no dia seguinte, pela primeira vez, não esperei que o velho Bocage me viesse buscar para ir à quinta, onde sabia que se haviam iniciado os trabalhos.

Tratava-se de reparar uma represa. Essa represa, tão grande como uma lagoa, estava a vazar; sabíamos a localização desse vazamento e tínhamos de o consolidar. Era preciso para isso começar por esvaziar a represa, coisa que não se fazia há quinze anos. Carpas e tainhas abundavam por ali, algumas delas muito grandes, e nunca deixavam o fundo. Tencionava aclimatá-las às águas das valas e dá-las aos trabalhadores, de forma que o prazer de uma pescaria se juntasse, dessa vez, ao trabalho, como o demonstrava a extraordinária animação daquela gente; algumas crianças das vizinhanças tinham vindo, misturando-se com os trabalhadores. A própria Marceline haveria de juntar-se a nós, um pouco mais tarde.

Quando cheguei, há muito que a água já começara a baixar. Por vezes, um grande frémito encrespava subitamente a superfície, fazendo transparecer os dorsos castanhos dos peixes agitados. Nas poças que se haviam formado na margem, as crianças que por ali chapinhavam capturavam pequeninos peixes, de escamas brilhantes, que, depois, colocavam em baldes cheios de água clara. A água da represa, que o alvoroço dos peixes tinha acabado por turvar, era terrosa e tornava-se cada vez mais opaca. Havia mais peixes do que imagináramos; quatro moços de quinta apanhavam-nos, mergulhando as mãos ao acaso. Eu lamentava que Marceline não estivesse presente e já me havia decidido a ir buscá-la quando alguns gritos anunciaram as primeiras enguias. Não conseguíamos apanhá-las; elas escapavam-se-nos por entre os dedos. Charles, que até então havia permanecido ao pé do seu pai, na margem, não se segurou mais; descalçou rapidamente os sapatos e as meias, despiu o casaco e o colete, e depois, arregaçando o máximo que pôde as calças e as mangas da camisa, entrou resolutamente na vasa. Imitei-o de imediato.

— E então, Charles! — gritei. — Contente por ter voltado ontem?

Nada disse, mas olhou para mim a rir, já muito ocupado com a sua pescaria. Logo de seguida chamei-o para me ajudar a encurralar uma grande enguia; demos as mãos para a apanhar... Depois daquela, foi a vez de uma outra; a lama salpicava-nos a cara; por vezes, afundámo-nos de repente e a água chegava até às nossas coxas; logo ficámos completamente ensopados. No calor da atividade trocámos apenas algumas exclamações, algumas frases; mas, no final do dia, apercebi-me de que estava a tratar Charles por tu, sem saber muito bem quando é que isso tinha acontecido. Aquela ação comum tinha-nos ensinado mais um sobre o outro do que

qualquer longa conversa. Marceline ainda não tinha aparecido e acabou por não aparecer, mas eu já não lamentava a sua ausência; parecia-me que ela teria perturbado um pouco a nossa alegria.

No dia seguinte saí para me encontrar com Charles na quinta. Dirigimo-nos ambos para o bosque.

Eu, que mal conhecia as minhas terras e que não estava muito preocupado em conhecê-las melhor, fiquei muito surpreendido ao ver que Charles as conhecia muito bem, assim como a distribuição das suas rendas; informou-me, coisa que eu apenas suspeitava, que eu tinha seis rendeiros, que poderia receber entre dezasseis a dezoito mil francos em rendas, e que, se mal recebia metade, era porque quase tudo era absorvido em reparações de todos os tipos e em pagamentos a intermediários. Certos sorrisos seus, ao examinar as culturas, logo me fizeram duvidar de que a exploração das minhas terras fosse tão boa como eu, de início, acreditava, ou como Bocage me tinha dado a entender; pressionei Charles a respeito do assunto, e aquele tipo de inteligência muito prática, que em Bocage me exasperava, divertia-me nesse jovem. Continuámos diariamente os nossos passeios; a propriedade era vasta, e quando acabámos de esquadrinhar minuciosamente cada canto, começámos de novo com mais método. Charles não me escondia a irritação que lhe causava a visão de certos campos mal cultivados, de espaços tomados pelas giestas, pelos cardos, por um excesso de ervas; soube fazer-me partilhar dessa aversão por terras em pousio e sonhar com ele com culturas mais bem ordenadas.

— Mas — perguntava-lhe eu ao início — quem é que sai prejudicado com esse medíocre aproveitamento? Só o rendeiro, não é verdade? O provento das suas terras, mesmo que varie, não faz variar o preço do arrendamento.

E Charles irritava-se um pouco:

— O senhor não sabe nada disto — permitia-se ele responder-me, e eu sorria de imediato. — Considerando apenas os rendimentos, o senhor parece não querer notar que o capital se deteriora. As suas terras, sendo apenas parcialmente cultivadas, estão lentamente a perder o seu valor.

— Se elas pudessem, mais bem cultivadas, produzir mais, duvido que o rendeiro não se aplicasse a isso com afinco; sei-o demasiado interesseiro para não colher tudo quanto possa.

— Não estais a contar — prosseguia Charles — com o aumento do custo da mão-de-obra. Estas terras, por vezes, ficam longe das quintas. Se fossem cultivadas, pouco ou nada renderiam, mas, pelo menos, não se deteriorariam...

E a conversa continuava. Por vezes, durante uma hora, e enquanto percorríamos os campos parecíamos repetir-nos; mas eu escutava e, pouco a pouco, ia aprendendo.

— Afinal de contas, isso é assunto do teu pai — disse-lhe um dia, irritado.

Charles corou um pouco:

— O meu pai está velho — disse. — Ele já tem muito entre mãos ao cuidar dos contratos de arrendamentos, com a manutenção dos edifícios, com a entrada regular das rendas. A sua missão aqui não é a de reformar.

— Que reformas proporias tu? — continuava eu.

Mas então ele esquivava-se, dizia não ter uma ideia formada sobre o assunto; não foi senão depois de muita insistência que consegui fazer com que se explicasse:

— Tirar aos rendeiros qualquer terra que deixem por cultivar — acabou ele por aconselhar. — Se os rendeiros deixam uma parte dos seus campos em pousio, é sinal de que já têm o suficiente

para vos pagar; ou então, se eles pretendem conservar tudo, é de aumentar o preço das suas rendas. Nesta região são todos uns preguiçosos — acrescentava.

Das seis quintas que me pertenciam, aquela que mais me agradava visitar estava situada na colina que dominava La Morinière; chamava-se La Valterie; o rendeiro que a ocupava não era um homem desagradável; conversava com ele de bom grado. Mais perto de La Morinière, uma quinta conhecida por «quinta do Castelo» estava parcialmente alugada através de um sistema de arrendamento a meias, o que deixava Bocage, na ausência do proprietário, na posse de uma parte do gado. Agora que a desconfiança havia nascido, começava a suspeitar de que o honesto Bocage era bem capaz, se não de me ludibriar, pelo menos de deixar que outros me ludibriassem. É verdade que uma cavalariça e um curral me estavam reservados, mas logo percebi que eles haviam sido criados apenas para permitir ao rendeiro alimentar as suas vacas e os seus cavalos com a minha aveia e com o meu feno. Até então, escutara, benevolentemente, as mais inverosímeis notícias que Bocage, de quando em quando, me dava: mortalidades, malformações e doenças, tudo aceitei. Nunca julgara possível que bastava que uma das vacas do rendeiro adoecesse para se tornar uma das minhas vacas; nem que bastava que uma das minhas vacas estivesse de ótima saúde para se tornar uma vaca do rendeiro; no entanto, alguns comentários menos prudentes de Charles, algumas observações pessoais, começaram a elucidar-me; depois, o meu espírito, uma vez de sobreaviso, foi rápido.

Marceline, por mim advertida, examinou meticulosamente todas as contas, mas não conseguiu assinalar aí qualquer erro; a honestidade de Bocage refugiava-se nelas. Que fazer? Deixar

a coisa correr. Mas, pelo menos, surdamente irritado, comecei a partir daí a vigiar os animais, sem deixar, no entanto, que ele percebesse.

Eu tinha quatro cavalos e dez vacas; era o suficiente para me atormentar. Dos quatro cavalos, havia um a que chamavam ainda «o poldro», embora já tivesse mais de três anos; estavam então ocupados a desbastá-lo; começava a interessar-me pelo assunto quando, um belo dia, vieram dizer-me que ele era perfeitamente intratável, que não se conseguia fazer nada dele e que o melhor era livrar-me do animal. Como parecia duvidar do que me diziam, tinham-no levado a partir a parte dianteira de uma pequena charrete e aí ensanguentar os jarretes.

Naquele dia tive dificuldade em manter a calma, e aquilo que me conteve foi o constrangimento de Bocage. Afinal de contas, havia nele mais fraqueza do que má vontade, pensava eu, a culpa é dos empregados; mas eles não sentem que sejam comandados por um pulso forte.

Fui até ao pátio para ver o poldro. Ao ouvir-me aproximar-me, um empregado que o estava a fustigar passou a acariciá-lo; fiz de conta que não vira nada. Não sabia grande coisa de cavalos, mas este poldro pareceu-me um belo animal; era um baio claro, meio sangue, excecionalmente esguio nas suas formas; tinha os olhos muito vivos, a crina, tal como a cauda, quase louras. Assegurei-me de que ele não estava ferido, exigi que as suas esfoladelas fossem tratadas, e fui-me embora sem dizer mais nada.

À noite, mal voltei a ver Charles, tentei descobrir o que é que ele pensava do poldro.

— Acho-o muito manso — disse-me —, mas não sabem lidar com ele; vão acabar por enfurecê-lo.

— Como é que tu lidarias com ele?

— O senhor quer confiar-mo por oito dias? Responsabilizo-me por ele.

— E o que é que lhe vais fazer?

— Vereis…

No dia seguinte, Charles levou o poldro até a um recanto do prado sombreado por uma soberba nogueira e circundado pelo rio; fui lá ter acompanhado por Marceline. Essa é uma das minhas mais vivas memórias. Charles tinha amarrado o poldro, com uma corda de alguns metros de comprimento, a uma estaca firmemente fixada no solo. O poldro, demasiado agitado, tinha-se, ao que parece, debatido fogosamente durante algum tempo; agora, serenado, cansado, andava em círculos de uma forma mais calma; o seu trote, de uma elasticidade surpreendente, era bonito de ser ver e sedutor como uma dança. Charles, no centro do círculo, evitando, a cada volta, a corda com um salto repentino, excitava-o ou acalmava-o com palavras; empunhava um longo chicote, mas não o vi servir-se dele. Tudo, no seu ar e nos seus gestos, na sua juventude e na sua alegria, dava àquele trabalho o aspeto belo e fervoroso do prazer. Subitamente, sem eu saber como, ele montou o animal, que havia abrandado o seu passo e parado de seguida; tinha-o acariciado um pouco, depois, de repente, vi-o em cima do cavalo, seguro de si, mal se agarrando à crina, rindo, curvado, prolongando a sua carícia. O poldro escoucinhou apenas um instante; retomava agora o seu trote habitual, tão belo, tão leve, que invejei Charles e lho disse.

— Mais uns dias de adestramento e a sela já não o incomodará; em duas semanas, mesmo a senhora se atreverá a montá-lo: estará manso como um cordeirinho.

E Charles tinha razão; alguns dias depois, o cavalo deixava-se acariciar, equipar, conduzir, sem desconfiança; e a própria

Marceline tê-lo-ia montado se o seu estado lhe permitisse tal exercício.

— O senhor devia experimentá-lo — disse-me Charles.

Nunca ousaria fazê-lo sozinho, mas Charles propôs-se selar, para si mesmo, um outro cavalo; o prazer de acompanhá-lo impeliu-me.

Como fiquei grato à minha mãe por me ter levado à equitação na minha tenra juventude! A memória distante dessas primeiras lições serviu-me bem. Não me causou surpresa de maior estar em cima de um cavalo; ao fim de alguns instantes, havia perdido completamente o receio e sentia-me à vontade. O cavalo que Charles montava era mais pesado, sem raça, mas não desagradável à vista, sobretudo porque Charles o montava bem. Adquirimos o hábito de sair um pouco todos os dias; de preferência partíamos manhã cedo, sobre a erva luzidia de orvalho; íamos até aos limites do bosque; avelaneiras cobertas de água, sacudidas à nossa passagem, encharcavam-nos; o horizonte, de súbito, abria-se; era o imenso vale de Auge; ao longe, adivinhávamos o mar. Parávamos por um instante, sem nos apearmos; o sol nascente coloria tudo, afastava, dispersava as brumas; depois, voltávamos a partir em trote largo; detínhamo-nos durante bastante tempo na quinta; o dia de trabalho mal tinha começado; saboreávamos essa vaidosa alegria de chegar antes dos trabalhadores e de os controlar; depois, de repente, deixávamo-los; regressava a La Morinière na altura em que Marceline despertava.

Regressava ébrio de ar, tonto de velocidade, os membros um pouco entorpecidos de uma voluptuosa lassidão, o espírito cheio de saúde, de apetite, de vigor. Marceline aprovava, encorajava o meu capricho. Quando voltava, ainda de polainas, levava até ao leito, onde ela se demorava, à minha espera, um cheiro a folhas

molhadas de que ela gostava, dizia-me. E ela ouviu-me contar o nosso percurso, o despertar dos campos, o recomeçar dos trabalhos... Parecia ter tanta alegria em me sentir viver, como em viver. Em breve, também daquela alegria eu abusaria; os nossos passeios tornaram-se mais longos e, por vezes, só regressava por volta do meio-dia.

Contudo, reservei, o melhor que pude, o fim do dia e a noite à preparação do meu curso. O meu trabalho avançava; estava satisfeito com ele e não considerei impossível que, mais tarde, valesse a pena coligir as minhas lições num volume. Por uma espécie de reação natural, à medida que a minha vida se ordenava, se regrava, e que eu me comprazia em regrar e ordenar todas as coisas à minha volta, sentia-me cada vez mais seduzido pela ética fruste dos Godos, e, enquanto ao longo do meu curso me ocupava — com uma audácia que, em seguida, me censuraram bastamente — em exaltar a incultura e em fazer a sua apologia, empenhava-me laboriosamente em dominar, quando não a suprimir, tudo o que me pudesse lembrar dela, tanto à minha volta como em mim mesmo. Essa sabedoria ou, melhor, essa loucura, até que ponto a levei eu?

Dois dos meus rendeiros queriam renovar contratos de arrendamento que expiravam no Natal e vieram ver-me; tratava-se de assinar, como de costume, a folha conhecida como «promessa de arrendamento». Fortalecido pelas convicções de Charles, excitado com as suas conversas diárias, esperei resolutamente pelos rendeiros. Eles, fortalecidos pela certeza de que não se substituía facilmente um rendeiro, começaram por reclamar uma redução da renda. O seu estupor foi ainda maior quando lhes li as «promessas» que eu próprio havia redigido, onde não só me recusava a baixar o preço das rendas, como também lhes retirava certos

bocados de terra que havia constatado não estarem a ser por eles utilizados. A princípio, fingiram levar a coisa a rir: eu estava a brincar. O que faria eu com aquelas terras? Elas não valiam nada; e se eles nada tinham feito com elas era porque nada havia a fazer... Depois, vendo que eu estava a falar a sério, obstinaram-se; eu, por meu turno, também me obstinei. Cuidaram que me assustariam com a ameaça de partir. Eu, que estava apenas à espera de ouvir essa palavra:

— Pois, então! Parti, se quereis! Não vos prendo aqui — disse.

Peguei nas promessas de arrendamento e rasguei-as à sua frente.

Fiquei, portanto, com mais de cem hectares nas mãos. Há já algum tempo que planeava confiar a sua gestão total a Bocage, certo de que, indiretamente, era a Charles que a entregava; eu próprio pretendia também passar a ocupar-me muito mais disso; então, pouco mais refleti: o próprio risco da empreitada seduzia-me. Os rendeiros só sairiam no Natal; até lá podíamos bem arranjar-nos. Preveni Charles; a sua alegria, que não conseguia dissimular, desagradou-me de imediato; fez-me perceber ainda mais a sua exagerada juventude. O tempo urgia já; estávamos naquela época do ano em que as primeiras colheitas deixam os campos livres para as primeiras lavras. Por uma convenção estabelecida, o trabalho do rendeiro que saía e o do novo coexistiam, o primeiro abandonando o imóvel, parcela a parcela, e assim que a colheita terminava. Receava, como uma espécie de vingança, a animosidade dos dois rendeiros despedidos; agradou-lhes, pelo contrário, aparentarem para comigo uma perfeita complacência (não soube, senão mais tarde, os proveitos que disso tiravam). Aproveitei a sua atitude para percorrer, de manhã e à noite, as

terras que, em breve, reverteriam para mim. O outono estava a começar; foi preciso contratar mais homens para apressar o amanho e a sementeira; tínhamos comprado grades de esterroar, rolos agrícolas, charruas; eu passeava a cavalo, supervisionando, dirigindo os trabalhos, retirando prazer do facto de ser eu próprio a comandar, a controlar.

Entretanto, nos prados vizinhos, os rendeiros colhiam as maçãs; elas caíam, rolavam na erva espessa, abundantes como em nenhum outro ano; os trabalhadores não eram suficientes; vinham das aldeias vizinhas; contratávamo-los por oito dias; Charles e eu divertíamo-nos, por vezes, a ajudá-los. Alguns deles varejavam os ramos para fazer cair os frutos tardios; recolhíamos à parte os frutos que haviam caído por si só, demasiado maduros, muitas vezes calcados, esborrachados na erva alta; era difícil caminhar sem os espezinhar. O cheiro que se levantava do prado era acre e adocicado e misturava-se com o da terra amanhada.

O outono aproximava-se. As manhãs dos últimos dias bonitos são as mais frescas, as mais límpidas. Por vezes, a atmosfera húmida azulava a distância, tornava-a ainda mais distante, fazia de um passeio uma viagem; a região parecia crescer; outras vezes, pelo contrário, a transparência anormal do ar tornava os horizontes muito próximos; poderíamos alcançá-los com um bater de asas; e não sei qual dos dois nos enchia de maior languidez. O meu trabalho estava praticamente concluído; pelo menos era isso que eu dizia a fim de mais facilmente me distrair dele. O tempo que não passava na quinta, dava-o a Marceline. Saíamos juntos para o jardim; caminhávamos lentamente, ela lânguida e pesadamente apoiada no meu braço; íamos sentar-nos num banco, de onde dominávamos o pequeno vale que a noite enchia de luz. Ela tinha uma maneira terna de se apoiar no meu ombro; e assim ficávamos

até à noite, sentindo o dia dissolver-se em nós, sem gestos, sem palavras... De quanto silêncio sabia já o nosso amor envolver-se! É que o amor de Marceline era já mais forte do que as palavras que existiam para o dizer, e esse amor, por vezes, quase me angustiava. Como uma brisa que, por vezes, plissa uma água muito tranquila, a mais leve emoção transparecia na sua fronte; dentro de si, misteriosamente, ela escutava vibrar uma nova vida; inclinava-me sobre ela como sobre uma profunda água pura, onde, por muito fundo que se olhasse, não se via senão amor. Ah, se fosse apenas felicidade, sei que quereria, desde logo, retê-la, como, em vão, tentamos reter nas mãos juntas uma água que foge; mas eu já sentia, ao lado da felicidade, algo mais do que felicidade, que coloria bem o meu amor, mas com uma cor de outono.

O outono avançava. A erva, a cada manhã mais encharcada, já não secava na base; ao alvorecer estava branca. Os patos, nadando nas águas das valas, batiam as asas; agitavam-se selvaticamente; víamo-los, por vezes, erguerem-se e, com grandes gritos, empreenderem um voo barulhento a toda a volta de La Morinière. Uma manhã deixámos de vê-los; Bocage havia-os fechado. Charles disse-me que, todos os outonos, por altura da migração, eles eram fechados. E, poucos dias depois, o tempo mudou. Num final de tarde, subitamente, chegou uma intensa aragem, um forte bafo a mar, contínuo, trazendo a nortada e a chuva, levando as aves nómadas. Por essa altura, o estado de Marceline, os cuidados com uma nova mudança, as primeiras preocupações com o meu curso chamavam-nos de volta à cidade. A estação rigorosa, que começava cedo, expulsava-nos.

Os trabalhos da quinta, é verdade, chamar-me-iam de volta em novembro. Tinha ficado profundamente ressentido ao tomar conhecimento dos preparativos de Bocage para o inverno;

manifestou-me o seu desejo de mandar Charles de novo para a escola agrícola, onde teria ainda, alegava, muita coisa para aprender; conversei com Bocage longamente, empreguei todos os argumentos que consegui encontrar, mas não consegui fazê-lo ceder; o máximo que consegui foi que ele aceitasse que Charles encurtasse um pouco os seus estudos, de forma a regressar mais cedo. Bocage não me escondeu que a exploração das duas quintas não se faria sem muita dificuldade; mas ele tinha em vista, informou-me, dois camponeses de confiança que tencionava empregar sob as suas ordens; seriam uma espécie de rendeiros, de caseiros e de trabalhadores; a coisa era, para a região, demasiado nova para que ele augurasse dela algo de bom; mas fora eu, disse ele, que quisera assim. Esta conversa teve lugar perto do fim de outubro. Nos primeiros dias de novembro, mudámo-nos para Paris.

II

Foi na rua S..., perto de Passy, que nos instalámos. O apartamento que um dos irmãos de Marceline nos havia indicado, e que nós tínhamos tido a oportunidade de visitar aquando da nossa última passagem por Paris, era muito maior do que aquele que o meu pai me havia deixado, e Marceline ficou um pouco apreensiva, não só com a renda mais alta, mas também com todas as despesas que teríamos. A todos os seus receios eu opunha um fingido horror ao provisório; forçava-me a acreditar nisso, e exagerava propositadamente. Decerto que as várias despesas de instalação excederiam as nossas receitas nesse ano, mas a nossa fortuna, já grande, devia crescer ainda; contava para isso com o meu curso, com a publicação do meu livro e mesmo, que loucura!, com os novos rendimentos das minhas quintas. Não me detinha, pois, diante de nenhuma despesa, dizendo a mim próprio que cada uma delas me ligaria mais àquele lugar, e pretendendo suprimir, ao mesmo tempo, qualquer sensação de vagabundagem que pudesse sentir, ou receasse sentir, dentro de mim.

Durante os primeiros dias, e desde manhã até à noite, o nosso tempo foi passado em correrias; e embora o irmão de Marceline se tenha, muito amavelmente, oferecido para nos poupar a várias delas, Marceline não tardou a sentir-se muito cansada. Depois,

em lugar do repouso de que necessitava, teve, assim que nos instalámos, de receber visitas atrás de visitas; o isolamento em que havíamos vivido até então fazia com que elas agora afluíssem, e Marceline, desabituada do mundo, não sabia como as abreviar, nem ousava fechar-lhes a porta. À noite encontrava-a extenuada; e, se não me inquietava aquela fadiga cuja causa natural eu conhecia, procurava, pelo menos, diminuí-la, recebendo muitas vezes no seu lugar, o que não me divertia nada, ou retribuindo, outras vezes, as visitas, o que me divertia ainda menos.

Nunca fui um conversador brilhante; a frivolidade dos salões, o seu espírito, é algo que não conseguia apreciar; tinha, no entanto, frequentado alguns deles outrora — mas quão longe estava esse tempo! O que é que acontecera desde então? Sentia-me, ao pé dos outros, apagado, triste, maçador, ao mesmo tempo importuno e importunado. Por um estranho infortúnio, vocês, que já considerava os meus únicos verdadeiros amigos, não estavam em Paris e não deviam regressar tão cedo. Poderia eu ter falado mais facilmente convosco? Poderiam vocês, talvez, ter-me compreendido melhor do que eu próprio? Mas de tudo o que estava a crescer dentro de mim e que hoje vos conto, que sabia eu? O futuro parecia-me bastante certo, e nunca me havia sentido tão senhor dele.

E mesmo que tivesse sido mais perspicaz, que ajuda contra mim próprio poderia encontrar em Hubert, Didier, Maurice, e em tantos outros, que vocês conhecem e de quem têm a mesma opinião que eu? Reconheci logo, infelizmente!, a impossibilidade de me fazer entender por eles. Desde as primeiras conversas que tivemos, vi-me forçado a interpretar um falso papel, a parecer aquele que ainda acreditavam que eu fosse, sob pena de dar a impressão de que estava a fingir; e, por uma questão de conveniência, fingi,

portanto, ter os pensamentos e gostos que me atribuíam. Não se pode, ao mesmo tempo, ser sincero e parecê-lo.

Revi com mais satisfação as pessoas do meu meio, arqueólogos e filólogos, mas não encontrei nem mais prazer nem mais emoção em falar com eles do que em folhear bons dicionários de história. De início, esperei encontrar uma compreensão um pouco mais direta da vida nalguns romancistas e nalguns poetas; mas se eles a tinham, essa compreensão, é preciso convir que não a demostravam; pareceu-me que a maioria deles não vivia de todo, contentava-se em fingir viver e, por pouco, teriam considerado a vida como um incómodo obstáculo à escrita. Não os podia censurar; e não afirmo que o erro não fosse meu... De resto, o que entendia eu por: viver? Isso é precisamente o que gostaria que me ensinassem. Todos eles falavam habilmente sobre os diversos factos da vida, mas nunca sobre o que os motiva.

Quanto aos poucos filósofos cujo papel teria sido o de me esclarecer, há muito que sabia o que poderia esperar deles; matemáticos ou neocriticistas, mantinham-se o mais afastados possível da inquietante realidade, e não estavam mais preocupados com ela do que o algebrista está com a existência das quantidades que mede.

Quando voltava para junto de Marceline, não lhe escondia o aborrecimento que aquela convivência me causava.

— São todos iguais — dizia-lhe eu. — Cada um repete o outro. Quando falo com um deles, parece que estou a falar com vários.

— Mas, meu amigo — respondia Marceline —, não podeis exigir que cada um seja diferente de todos os outros.

— Quanto mais se parecem entre si, mais diferem de mim.

E depois prosseguia, mais tristemente:

— Nenhum deles sabe o que é estar doente. Vivem, parecem viver e não sabem que vivem. De resto, eu próprio, desde que estou com eles, já não vivo. À semelhança de outros dias, hoje, o que é que eu fiz? Tive de vos deixar às nove horas; antes de sair, mal tive tempo para ler; foi o único momento bom do dia. O vosso irmão estava à minha espera no notário, e depois não me largou; tive de ir com ele ver o estofador; chateou-me no marceneiro e apenas me livrei dele em casa do Gaston; almocei nas proximidades com o Philippe, depois encontrei o Louis, que estava à minha espera no café; ouvi com ele a absurda palestra do Theodore, a quem cumprimentei à saída; para poder recusar o seu convite para domingo, tive de o acompanhar a casa do Arthur; com o Arthur, fui ver uma exposição de aguarelas; depois, deixar cartas nas casas da Albertine e da Julie… Exausto, chego a casa e encontro-vos tão fatigada como eu, depois de teres visto a Adeline, Marthe, Jeanne, Sophie... E, quando à noite, agora, revejo todas as ocupações do dia, sinto-o tão inútil e ele parece-me tão vazio que gostaria de, rapidamente, voltar atrás, de o recomeçar hora após hora, e fico triste até às lágrimas.

No entanto, não saberia dizer nem o que entendia por *viver*, nem se o gosto que tinha adquirido por uma vida mais espaçosa e arejada, menos constrangida e menos preocupada com os outros, não era o segredo simples da minha inquietação; esse segredo parecia-me muito mais misterioso: um segredo de ressuscitado, pensava; pois eu continuava um estranho no meio dos outros, como alguém que regressa dos mortos. E no início senti apenas uma consternação bastante dolorosa; mas logo surgiu um sentimento completamente novo. Não sentira qualquer orgulho, garanto-o, aquando da publicação dos trabalhos que me valeram tantos elogios. E agora, era orgulho? Talvez; mas, pelo menos, nenhum

indício de vaidade se misturava com ele. Era, pela primeira vez, a consciência do meu próprio valor: aquilo que me separava, o que me distinguia dos outros, importava; o que tinha para dizer era o que ninguém, antes de mim, dissera ou poderia dizer.

O meu curso começava pouco depois; impelido pelo assunto, preenchi a minha primeira aula com toda a minha nova paixão. A propósito da civilização latina tardia, pintei a cultura artística, manifestando-se na fina-flor do povo, à maneira de uma secreção, o que a princípio indica pletora, superabundância de saúde, mas depois, imediatamente, congela, endurece, opõe-se a todo o contacto perfeito do espírito com a natureza, esconde sob a aparência persistente de vida a diminuição da vida, forma um espartilho no qual o espírito constrangido definha, em seguida murcha, e depois morre. Por fim, levando o meu pensamento ao limite, disse que a Cultura, nascida da vida, mata a vida.

Os historiadores censuraram-me uma tendência para generalizações muito rápidas, disseram. Outros censuraram o meu método; e aqueles que me felicitaram foram os que menos me compreenderam.

Foi à saída da aula que revi Ménalque. Nunca nos tínhamos dado muito e, pouco antes do meu casamento, ele partira de novo para uma daquelas longínquas explorações que nos privavam da sua companhia, por vezes durante mais de um ano. Antes não gostava dele; parecia-me arrogante e não se interessava pela minha vida. Fiquei, então, surpreendido por vê-lo na minha primeira aula. Mesmo a sua insolência, que de início me afastava dele, agradou-me, e o sorriso que me fez pareceu-me muito encantador pelo facto de o saber muito raro. Recentemente, um absurdo,

um vergonhoso processo relativo a um escândalo tinha sido uma conveniente oportunidade para os jornais o difamarem; aqueles a quem o seu desdém e superioridade feriam aproveitaram esse pretexto para se vingarem; e o que mais os irritou foi o facto de ele não parecer afetado por isso.

— É preciso — respondia ele aos insultos — deixar que os outros tenham razão, porque isso os consola de não terem mais nada.

Mas a «boa sociedade» indignou-se e aqueles que, como se diz, «se respeitam» acharam que tinham de afastar-se dele e devolver-lhe assim o seu desprezo. Isso foi para mim uma razão a mais: atraído para ele por uma secreta influência, aproximei-me e abracei-o afetuosamente à frente de todos.

Ao verem com quem eu conversava, os últimos importunos retiraram-se; fiquei sozinho com Ménalque.

Após as irritantes críticas e os elogios ineptos, as suas poucas palavras sobre o meu curso tranquilizaram-me.

— Está a destruir o que costumava adorar — disse ele. — Isso é bom. Começou tarde; mas assim a chama fica ainda mais forte. Ainda não sei se o compreendo bem; você intriga-me. Não costumo conversar muito, mas gostaria de conversar consigo. Jante, por isso, comigo esta noite.

— Caro Ménalque — respondi —, parece esquecer-se de que sou casado.

— Sim, é verdade — replicou. — Ao ver a cordial franqueza com que ousou dirigir-me a palavra, julguei-o mais livre.

Temia ter ferido os seus sentimentos; e, mais ainda, parecer fraco. Disse-lhe que o encontraria depois de jantar.

* * *

Em Paris, sempre de passagem, Ménalque estava alojado num hotel; para a sua permanência tinha arranjado várias assoalhadas à maneira de um apartamento; tinha lá os seus criados, comia à parte, vivia à parte, e havia estendido pelas paredes, pelos móveis cuja fealdade banal o chocava, alguns tecidos caros que tinha trazido do Nepal, e que, dizia, estava à espera que desbotassem antes de os oferecer a um museu. A minha pressa em juntar-me a ele tinha sido tão grande que o encontrei ainda à mesa, quando entrei. E como se me desculpasse por ter perturbado a sua refeição:

— Mas — disse-me ele — não tenho qualquer intenção de interrompê-la, e espero que me permita acabá-la. Se tivesse vindo jantar, ter-lhe-ia servido shiraz, esse vinho que Hafiz cantou, mas agora é demasiado tarde; é preciso estar em jejum para o beber; toma pelo menos um licor?

Aceitei, pensando que ele também beberia; depois, vendo que só traziam um copo, fiquei surpreendido.

— Desculpe-me — disse ele —, mas quase nunca bebo.

— Tem medo de se embriagar?

— Oh — respondeu-me —, pelo contrário! Mas considero que a sobriedade é uma embriaguez mais poderosa; conservo com ela a minha lucidez.

— Mas serve bebidas aos outros…

Sorriu:

— Não posso exigir as minhas virtudes a todos. Já é muito se encontrar neles os meus vícios…

— Pelo menos fuma?

— Já não. É uma embriaguez impessoal, negativa e demasiado fácil de atingir; procuro na embriaguez uma exaltação e não uma diminuição da vida. Deixemos isso. Sabe de onde venho? De Biskra. Sabendo que tinha andado por lá, quis procurar os seus

rastos. O que teria vindo fazer a Biskra este erudito desvairado, este devorador de livros? Tenho o hábito de ser reservado, mas apenas a respeito daquilo que me é confiado; quanto ao que descubro por mim próprio, a minha curiosidade é, confesso-o, sem limites. Por isso, procurei, rebusquei, questionei por onde pude. A minha indiscrição valeu-me de alguma coisa, uma vez que ela me deu vontade de voltar a ver-vos; uma vez que no lugar do sábio de sempre que outrora via em si, sei que devo ver agora… Cabe-lhe a si explicar o quê.

Senti-me corar.

— O que descobriu a meu respeito, Ménalque?

— Quer saber? Mas não tenha medo! Conhece suficientemente bem os seus amigos e os meus para saber que não vou falar de si a ninguém. Viu como compreenderam a sua palestra…

— Mas — disse eu, com uma ligeira impaciência — isso não me prova que eu possa dizer a si o que não posso dizer aos outros. Vamos! O que descobriu a meu respeito?

— Em primeiro lugar, que esteve doente.

— Mas isso não tem nada de…

— Oh! Só isso já é muito importante. Depois disseram-me que gostava de sair sozinho, sem livros (e foi isso o que mais me surpreendeu), ou, quando não ia só, que preferia a companhia de meninos à da sua mulher… Não core, ou não lhe direi o resto.

— Vá contando sem olhar para mim.

— Um dos meninos, o seu nome era Moktir, se bem me recordo, belo como poucos, tão ladrão e trapaceiro como nenhum, pareceu-me ter muito a dizer; atraí-o, comprei a sua confiança, o que, como sabe, não é fácil, pois penso que ele ainda mentia quando dizia que já não estava a mentir… O que ele me contou sobre si, diga-me você se é verdade.

Ménalque, entretanto, tinha-se levantado e tirado de uma gaveta uma pequena caixa, que abriu.

— Esta tesoura é sua? — perguntou, estendendo-me uma coisa informe, enferrujada, romba e torcida; e não tive dificuldade em reconhecê-la como a pequena tesoura que Moktir havia surripiado.

— Sim, é... Era da minha mulher.

— Ele afirma ter pegado nela quando você virou a cabeça, num dia em que estavam sozinhos num quarto; mas o interessante não é isso; ele afirma que, no momento em que a escondeu no seu albornoz, percebeu que você estava a observá-lo num espelho e que apanhou o reflexo do seu olhar a espiá-lo. Você tinha visto o roubo e não disse nada! Moktir ficou muito surpreendido com esse silêncio... Eu também.

— Não estou menos surpreendido com o que me está a dizer. Como? Então, ele sabia que eu o tinha visto!

— O importante não é isso; você estava a fazer-se de esperto; nesse jogo as crianças enganar-nos-ão sempre. Pensava tê-lo na mão e era ele que o tinha a si na mão... O importante não é isso. Explique-me o seu silêncio.

— Também gostava que alguém mo explicasse.

Ficámos algum tempo sem falar. Ménalque, que andava de um lado para o outro da sala, acendeu distraidamente um cigarro, e depois deitou-o logo fora.

— Há nisso — continuou ele — um «sentido», como dizem os outros, um «sentido» que parece faltar-lhe, caro Michel.

— O «sentido moral», talvez — disse eu, esforçando-me por sorrir.

— Oh! Simplesmente o de propriedade.

— Não me parece que você tenha muito esse sentido.

— Tenho-o tão pouco que aqui, como vê, nada é meu; nem sequer, e especialmente não, a cama em que me deito. Tenho horror ao descanso; a posse encoraja-o e, em segurança, adormece-se; gosto demasiado de viver para apenas fazer de conta de que vivo acordado, e por isso mantenho, mesmo no meio da minha riqueza, esse sentimento de estado precário com o qual exacerbo ou, pelo menos, exalto a minha vida. Não posso dizer que ame o perigo, mas amo uma vida aventurosa e quero que ela exija de mim, a cada momento, toda a minha coragem, toda a minha felicidade e toda a minha saúde…

— Então o que é que me critica? — interrompi.

— Oh, como me compreende mal, caro Michel; por um momento quase cometo o disparate de fazer uma profissão de fé…! Se pouco me importa, Michel, a aprovação ou a desaprovação dos homens, não é para ser eu, por meu turno, a aprovar ou a desaprovar; essas palavras não têm para mim nenhum sentido. Falei muito a meu respeito ainda há pouco; acreditar estar a ser compreendido levou-me a isso… Queria simplesmente dizer-lhe que, para alguém que não tem o sentido de propriedade, parece possuir muito; isso é significativo.

— O que possuo eu de tanto?

— Nada, se encara a coisa dessa maneira… Mas não está a dar o seu curso? Não é um proprietário de terras na Normandia? Não acabou de se instalar, e luxuosamente, em Passy? É casado. Não está à espera de um filho?

— Bem! — disse eu, impacientemente. — Isso só prova que eu soube construir para mim uma vida mais «perigosa», como você diz, do que a sua.

— Sim, só — replicou Ménalque, ironicamente.

Depois, virando-se bruscamente e estendendo-me a mão:

— Vamos, adeus; chega por esta noite, não diremos mais nada que se aproveite. Mas até breve.

Fiquei algum tempo sem voltar a vê-lo.

Novos cuidados, novas preocupações ocuparam-me; um estudioso italiano chamou-me a atenção para documentos inéditos que ele trouxe à luz e que eu estudei longamente para o meu curso. Sentir que a minha primeira aula fora mal compreendida tinha acicatado o meu desejo de clarificar as lições seguintes de forma diferente e mais poderosa; fui assim levado a estabelecer como doutrina o que inicialmente só tinha aventado como hipótese engenhosa. Quantos doutrinadores devem a sua força à sorte de só terem sido compreendidos por meias palavras? Por mim, não consigo discernir, confesso, a dose de teimosia que, talvez, venha misturar-se à necessidade de uma afirmação natural. O que tinha de novo a dizer parecia-me tanto mais urgente quanto mais me custava dizê-lo e, sobretudo, fazê-lo entender.

Mas como as frases, infelizmente, se tornavam pálidas perante os atos! A vida, o mais pequeno gesto de Ménalque, não era mil vezes mais eloquente do que as minhas aulas? Ah, como entendi bem, a partir daí, que o ensinamento quase inteiramente moral dos grandes filósofos antigos foi feito, muito mais do que por palavras, pelo exemplo!

Foi em minha casa que voltei a ver Ménalque, cerca de três semanas depois do nosso primeiro encontro. Foi quase no final de um encontro onde estavam muitas pessoas. Para evitar uma perturbação diária, Marceline e eu escolhíamos abrir a porta de

nossa casa nas noites de quinta-feira; podíamos assim perfeitamente mantê-la fechada nos restantes dias. Portanto, todas as quintas-feiras, aqueles que se diziam nossos amigos apareciam; a dimensão dos nossos salões permitia-nos recebê-los em grande número e o encontro prolongava-se até altas horas. Creio que aquilo que os atraía era sobretudo a requintada graciosidade de Marceline e o prazer de conversarem uns com os outros, porque, no que me dizia respeito, logo desde o segundo desses saraus que não encontrava nada de novo para ouvir, nada de novo para dizer, e dissimulava mal o meu aborrecimento. Vagueava da sala de fumo para o salão, da sala de entrada para a biblioteca, a minha atenção detendo-se, por vezes, numa frase, observando pouco, olhando distraidamente.

Antoine, Étienne e Godéfroy discutiam a última votação no Parlamento, refastelados nas delicadas poltronas da minha mulher. Hubert e Louis mexiam sem cuidado nas admiráveis águas-fortes da coleção do meu pai. Na sala de fumo, Mathias, a fim de melhor ouvir Léonard, pousara o seu charuto aceso sobre uma mesa de pau-rosa. Um cálice de curaçau tinha sido derramado no tapete. Os sapatos enlameados de Albert, impudentemente deitado num sofá, sujavam o estofo. E o pó que respirávamos era feito da horrível deterioração das coisas... Fui tomado por um furioso desejo de pegar em todos os meus convidados pelos ombros e expulsá-los dali para fora. Móveis, estofos, estampas, depois da primeira mancha, perdiam todo o valor para mim; coisas manchadas, coisas atingidas pela doença e como que marcadas pela morte. Teria querido tudo proteger, fechar tudo à chave, só para mim. Como Ménalque é feliz, pensei eu, que nada tem de seu! Eu, é por querer conservar que sofro. Que importa, no fundo, tudo isto?

Numa pequena sala, menos iluminada, separada por um espelho falso, Marceline recebia apenas os mais íntimos; estava meio estendida sobre almofadas; terrivelmente pálida, pareceu-me tão cansada que me assustei de repente, e prometi a mim mesmo que aquela receção seria a última. Era já tarde. Estava prestes a olhar para a hora no meu relógio quando senti no bolso do meu colete a pequena tesoura de Moktir.

E porque é que ele a teria roubado, aquele tipo, se era para logo em seguida a estragar, a destruir?

Nesse momento, alguém me bateu no ombro; virei-me bruscamente: era Ménalque.

Estava de casaca, era quase o único assim. Tinha acabado de chegar. Pediu-me que o apresentasse à minha mulher; eu não o teria feito espontaneamente. Ménalque era elegante, quase bonito; enormes bigodes caídos, já grisalhos, dividiam-lhe o rosto de pirata; a chama fria nos seus olhos indicava mais coragem e decisão do que bondade. Não foi preciso muito tempo em frente dela para perceber que Marceline não havia gostado dele. Depois de com ela ter trocado algumas banais frases de cortesia, levei-o até à sala de fumo.

Tinha ficado a saber, naquela manhã, da nova missão de que havia sido encarregado pelo Ministério das Colónias; diversos jornais, relembrando, a propósito disso, a sua carreira aventurosa, pareciam esquecer os graves insultos da véspera e não encontravam palavras suficientemente vibrantes para o elogiar. Exageravam até à exaustão os serviços prestados ao país, à humanidade inteira, pelas extraordinárias descobertas das suas últimas explorações, como se tudo o que ele fazia não tivesse senão um propósito humanitário; e louvavam as suas qualidades de abnegação, de devoção, de ousadia, tudo, como se ele devesse encontrar uma recompensa nesses elogios.

Comecei a felicitá-lo; ele interrompeu-me logo nas primeiras palavras:

— E depois? Você também, caro Michel, você também me insultou antes. Deixe lá esses disparates para os jornais. Eles parecem hoje muito surpreendidos com o facto de que um homem de costumes tão desacreditados possa, no entanto, ter ainda algumas virtudes. Não sei fazer a meu respeito as distinções e as reservas que eles pretendem estabelecer, e não existo a não ser enquanto todo. Não pretendo outra coisa que não o natural e, em cada ação, o prazer que ela me dá é um sinal de que devia praticá-la.

— Isso pode levar longe — disse-lhe.

— Estou a contar com isso — retorquiu Ménalque. — Ah, se todos os que nos rodeiam pudessem ser persuadidos disso...! Mas a maioria deles pensa que só conseguirá tirar de si mesmo algo de bom através da coação; não se sentem contentes senão coagidos. É a si próprios com quem menos pretendem parecer-se. Cada um propõe para si um modelo, depois imita-o; não chega sequer a escolher o modelo que imita; aceita um modelo já escolhido. Há, no entanto, creio, outras coisas a interpretar no homem. Não nos atrevemos. Não nos atrevemos a virar a página. Leis da imitação; eu chamo-lhes leis do medo. Temos medo de nos encontrarmos sozinhos; e não nos encontramos de todo. Esta agorafobia moral é-me odiosa; é a pior das cobardias. No entanto, é sempre sozinho que o homem inventa. Mas quem é que procura aqui inventar? Aquilo que sentimos em nós de diferente é precisamente aquilo que possuímos de raro, aquilo que confere valor a cada um, e é isso que tentamos suprimir. Imitamos. E pretendemos nós amar a vida!

Deixei Ménalque falar; o que ele dizia era precisamente aquilo que, há um mês, eu dizia a Marceline; deveria, portanto,

concordar com ele. Por que cobardia o interrompi e lhe disse, imitando Marceline, palavra por palavra, a frase com que então ela me interrompera?

— E, contudo, não podeis, caro Ménalque, exigir que cada um seja diferente de todos os outros.

Ménalque calou-se bruscamente, olhou-me de forma estranha, depois, vendo que Eusèbe se aproximava para se despedir de mim, virou-me as costas de forma pouco cerimoniosa e foi falar com Hector sobre coisas insignificantes.

Assim que a disse, a minha frase pareceu-me estúpida; e lamentei, especialmente, que pudesse fazer Ménalque pensar que eu me sentira atacado pelas suas palavras. Era tarde; os meus convidados iam partindo. Quando o salão ficou praticamente vazio, Ménalque voltou para junto de mim:

— Não posso deixá-lo assim — disse-me. — Sem dúvida que entendi mal as suas palavras. Espero, pelo menos, que assim seja.

— Não — respondi. — Não as entendeu mal... Mas elas não tinham qualquer sentido; mal acabei de dizê-las apercebi-me da sua insensatez e, sobretudo, de que elas me colocariam, aos seus olhos, precisamente entre aqueles que, ainda há pouco, eram por si criticados, e que, asseguro-lhe, me são igualmente odiosos. Odeio todas as pessoas de princípios.

— Eles são — retomou Ménalque com um sorriso — aquilo que há de mais detestável neste mundo. Não podemos esperar deles qualquer tipo de sinceridade; pois nunca fazem senão o que os seus princípios decretaram que deveriam fazer, ou, então, consideram aquilo que fazem como errado. À mínima suspeita de que você poderia ser um deles, senti a conversa esfriar-se-me nos lábios. A tristeza que logo me invadiu revelou-me o quão forte

é a minha afeição por si; desejei ter-me enganado; não na minha afeição, mas no julgamento que fizera.

— Efetivamente, o seu julgamento estava errado.

— Ah, assim é — disse-me ele, agarrando, bruscamente, na minha mão. — Escute; tenho de partir em breve, mas gostaria de voltar a vê-lo. A minha viagem será, desta vez, mais longa e arriscada do que todas as outras; não sei quando regressarei. Tenho de partir dentro de quinze dias; aqui, todos ignoram que a minha partida está para breve; digo-lho em segredo. Parto ao amanhecer. A noite que precede uma partida é sempre para mim uma noite de terríveis angústias. Prove-me que não é um homem de princípios; posso esperar que passe essa última noite comigo?

— Mas voltaremos a encontrar-nos antes disso — disse eu, um pouco surpreendido.

— Não. Durante os próximos quinze dias não estarei para ninguém; nem sequer estarei em Paris. Amanhã parto para Budapeste; dentro de seis dias devo estar em Roma. Tenho aqui e ali alguns amigos que desejo abraçar antes de deixar a Europa. Um outro espera-me em Madrid…

— Está combinado, passarei essa noite de vigília consigo.

— E beberemos vinho de Shiraz.

Alguns dias depois daquela noite, Marceline começou a sentir-se pior. Já referi que ela se sentia frequentemente cansada; mas evitava queixar-se, e como se atribuísse aquele cansaço ao seu estado, achava isso natural e evitava preocupar-me. Um velho médico, bastante estúpido ou insuficientemente informado, havia-nos tranquilizado excessivamente de início. Entretanto, novas perturbações, acompanhadas de febre, levaram-me a chamar

o Dr. Tr…, que passava então pelo mais competente especialista. Admirou-se que não o tivesse chamado mais cedo, e prescreveu um regime rigoroso que ela deveria ter seguido há já algum tempo. Levada por uma coragem muito imprudente, Marceline tinha-se, até àquele dia, fatigado em demasia; até ao parto, que se esperava para finais de janeiro, ela deveria manter-se em repouso. Sem dúvida um pouco preocupada e mais dolente do que gostaria de admitir, Marceline sujeitou-se, muito pacientemente, às prescrições mais exigentes. Teve, no entanto, um pequeno movimento de revolta quando Tr… lhe prescreveu quinino, em doses que ela sabia que podiam ser prejudiciais ao seu filho. Durante três dias, recusou-se obstinadamente a tomá-lo; depois, à medida que a febre aumentava, também a isso ela teve de se submeter; mas fê-lo, desta vez, com uma grande tristeza e como uma dolorosa renúncia ao futuro; uma espécie de resignação religiosa quebrou a vontade que a sustinha até então, de modo que, subitamente, o seu estado piorou nos dias que se seguiram.

Cerquei-a ainda de mais cuidados e tranquilizei-a o melhor que pude, valendo-me das palavras do próprio Tr…, que não vira nada de muito grave no seu estado; mas a intensidade dos seus receios acabou por me alarmar também a mim. Ah, quão perigosamente a nossa felicidade assentava já na esperança, e em que futuro incerto! Eu, que antigamente não encontrava gosto senão no passado, senti-me, pensei, um dia embriagado pelo súbito sabor do instante, mas o futuro retira encanto à hora presente, mais ainda do que o presente retira encanto ao passado; e desde a nossa noite em Sorrento que todo o meu amor, que toda a minha vida se projetavam já no futuro.

Entretanto, chegou a noite que eu havia prometido passar com Ménalque; e apesar das minhas reticências em abandonar Marceline

no inverno, durante toda uma noite, fi-la compreender, o melhor que pude, a importância do compromisso e a seriedade da minha promessa. Marceline, nessa noite, encontrava-se um pouco melhor e, ainda assim, eu estava inquieto; uma enfermeira tomou o meu lugar junto dela. Mas, assim que me vi na rua, a minha inquietação ganhou uma nova força; repeli-a, lutei contra ela, zangando-me comigo mesmo por não conseguir libertar-me dessa inquietação. Cheguei assim, pouco a pouco, a um estado de supertensão, de singular exaltação, ao mesmo tempo muito diferente e muito próximo da dolorosa inquietação que tinha estado na sua origem, mas mais próximo ainda da felicidade. Era tarde; caminhava a passos largos; começou a nevar abundantemente; estava feliz por respirar, enfim, um ar mais fresco, por lutar contra o frio, feliz contra o vento, contra a noite, contra a neve; saboreava a minha energia.

Ménalque, que me ouviu chegar, apareceu no patamar das escadas. Esperava-me sem paciência. Estava pálido e parecia um pouco tenso. Ajudou-me a tirar o casaco e obrigou-me a trocar as minhas botas molhadas por macios chinelos persas. Sobre uma mesa de pé-de-galo, junto à lareira, havia alguns petiscos. Duas lâmpadas iluminavam a sala, menos do que o que fazia o fogo. Ménalque, antes de tudo, perguntou sobre a saúde de Marceline; para simplificar, respondi que ela andava muito bem.

— E o seu filho, está para breve? — retomou ele.

— Dentro de um mês.

Ménalque inclinou-se para o fogo, como se quisesse esconder o rosto. Calou-se. Calou-se durante tanto tempo que acabei por sentir-me constrangido, sem saber também o que lhe dizer. Levantei-me, dei alguns passos, depois, aproximando-me dele, pousei a mão no seu ombro. Então, como se desse sequência ao seu pensamento:

— É preciso escolher — murmurou ele. — O importante é saber aquilo que queremos...

— Então, não quer partir? — perguntei-lhe, sem saber que sentido dar às suas palavras.

— Assim parece.

— Está hesitante, então?

— De que me serviria? Você, que tem mulher e filho, fique... Dos mil modos de vida, cada um de nós não pode conhecer senão um. Invejar a felicidade dos outros é uma loucura; não a saberíamos usar. A felicidade não se quer pronta a vestir, mas sim feita sob medida. Parto amanhã; eu sei: tentei talhar essa felicidade ao meu tamanho... Conserve a tranquila felicidade do lar...

— Também eu tinha talhado a minha felicidade ao meu tamanho — clamei —, mas cresci; agora, a minha felicidade aperta-me; por vezes, quase que me estrangula...

— Bah! Você acaba por se habituar! — disse Ménalque.

Depois fincou-se à minha frente, mergulhou o seu olhar no meu e, como eu não encontrava nada para dizer, sorriu, um pouco tristemente:

— Acreditamos possuir e, afinal, somos nós os possuídos — retomou ele. — Sirva-se de um pouco de shiraz, caro Michel; não encontrará muitas ocasiões para o provar; e coma uma dessas pastas cor-de-rosa com que os persas o acompanham. Pois esta noite quero beber consigo, esquecer que parto amanhã e conversar como se a noite não tivesse fim... Sabe o que é que faz da poesia de hoje em dia, e especialmente da filosofia, letras mortas? É que elas se separaram da vida. A Grécia pegava na vida como matéria da sua idealização; de modo que a vida do artista era já, por si mesma, uma realização poética; a vida do filósofo, um pôr em prática da sua filosofia; de tal forma que, misturadas com a vida,

ao invés de se ignorarem, a filosofia alimentando a poesia, a poesia expressando a filosofia, eram ambas de uma persuasão admirável. Hoje, a beleza já não age; a ação já não se preocupa em ser bela; e a sabedoria trabalha à parte.

— Por que razão — perguntei — você, que vive a sua sabedoria, não escreve as suas memórias? Ou simplesmente — continuei, vendo-o sorrir — as recordações das suas viagens?

— Porque não me quero lembrar — respondeu. — Se o fizesse, creio que estaria a impedir a chegada do futuro e a prolongar o passado. É do perfeito esquecimento de ontem que eu crio a novidade de cada hora. Nunca, ter sido feliz, me é suficiente. Não acredito nas coisas mortas, e confundo não ser mais com nunca ter sido.

Aquelas palavras, que antecipavam em muito o meu pensamento, deixaram-me irritado; teria gostado de as rebobinar, de tê-las feito parar; mas procurei em vão contradizê-las; e, de resto, eu estava mais irritado comigo mesmo do que com Ménalque. Permaneci, portanto, em silêncio. Ele, ora indo e vindo como uma fera enjaulada, ora inclinando-se para a lareira, ora permanecendo longamente em silêncio, acabou, depois, por dizer de uma forma abrupta:

— Se ao menos os nossos medíocres cérebros soubessem embalsamar memórias! Mas estas conservam-se mal; as mais delicadas desfazem-se, as mais voluptuosas apodrecem; as mais deliciosas acabam por revelar-se as mais perigosas. Aquilo de que nos arrependemos era delicioso ao início.

Uma vez mais, um longo silêncio; e depois retomava:

— Pesares, remorsos, arrependimentos, essas são as alegrias de outrora; vistas de costas. Não gosto de olhar para trás, e abandono ao longe o meu passado como o pássaro que, para voar,

deixa a sua sombra. Ah, Michel, a alegria espera-nos sempre, mas ela quer encontrar o leito vazio, ser a única, e quer que cheguemos a ela como um viúvo. Ah, Michel, toda a alegria que há é como o maná do deserto que se corrompe de um dia para o outro; é como a água da nascente Ameles que, conta Platão, nenhum vaso pode conservar... Que cada instante leve tudo o que trouxe...

Ménalque falou ainda durante muito tempo; não consigo reproduzir aqui todas as suas frases; muitas delas, no entanto, ficaram gravadas em mim, de uma forma tão mais forte quanto mais depressa eu desejaria tê-las esquecido; não porque elas me tenham ensinado algo de muito novo — mas porque puseram a nu, bruscamente, o meu pensamento; um pensamento que eu cobrira com tantos véus que quase acalentei a esperança de sufocar. Assim se passou aquela noite.

Quando, de manhã, depois de ter acompanhado Ménalque ao comboio que o levaria, me encaminhei sozinho para casa, para junto de Marceline, senti-me cheio de uma tristeza abominável, de um ódio contra a alegria cínica de Ménalque; queria que ela fosse factícia; esforçava-me por negá-la. Irritava-me não ter sabido responder-lhe; irritava-me ter proferido algumas palavras que poderiam tê-lo feito duvidar da minha felicidade, do meu amor. E agarrava-me à minha felicidade duvidosa, à minha «felicidade mansa», como Ménalque costumava dizer; não conseguia, infelizmente, afastar dela a inquietude, mas pretendia que essa inquietude servisse de alimento ao amor. Voltava-me para o futuro onde via já o meu pequeno filho sorrir-me; por ele se reformava e se fortificava a minha moral... Decididamente, eu caminhava com um passo firme.

Infelizmente, quando entrei em casa, naquela manhã, senti, logo à entrada, uma desordem invulgar. A enfermeira veio ao meu encontro e disse-me, com palavras moderadas, que a minha

mulher tinha sido acometida de terríveis aflições durante a noite, depois de dores, embora ela não acreditasse que Marceline estivesse já no fim da gravidez; que, sentindo-se muito mal, ela tinha mandado chamar o médico; que este, apesar de ter chegado, com a maior celeridade, durante a noite, ainda não havia deixado a doente; então, ao ver a minha palidez, creio, ela quis tranquilizar-me, dizendo-me que tudo estava já muito melhor, e que… Precipitei-me para o quarto de Marceline.

O quarto estava pouco iluminado e, de início, não distingui senão o médico, que, com a mão, me impôs silêncio; depois, na sombra, uma figura que eu não conhecia. Ansiosamente, sem barulho, aproximei-me da cama. Marceline tinha os olhos fechados; estava tão terrivelmente pálida que, a princípio, julguei que estivesse morta; mas, sem abrir os olhos, ela virou a cabeça na minha direção. Num canto sombrio da assoalhada a figura desconhecida arrumava, escondia diversos objetos; vi instrumentos brilhantes, algodão hidrófilo; vi, pensei ter visto, roupa branca manchada de sangue… Senti que cambaleava. Quase caí na direção do médico; ele susteve-me. Eu compreendia; tinha medo de compreender…

— A criança? — perguntei ansiosamente.

O médico fez um triste encolher de ombros. Sem saber mais o que fazia, atirei-me sobre a cama, soluçando. Ah, súbito futuro! O chão cedia bruscamente debaixo dos meus pés; diante de mim não havia senão um buraco vazio por onde todo eu caía.

Neste ponto, tudo se confunde numa memória sombria. Ainda assim, Marceline parecia, de início, estar a restabelecer-se muito rapidamente. As férias do princípio do ano davam-me alguma folga, e eu pude passar com ela quase todas as horas do dia. Ao seu

lado eu lia, escrevia, ou lia docemente para ela. Nunca saía sem lhe trazer algumas flores. Lembrava-me dos ternos cuidados de que ela me havia rodeado quando eu estivera doente, e rodeava-a de tanto amor que, por vezes, ela sorria, como se estivesse feliz. Não trocámos uma única palavra a respeito do triste acidente que matara as nossas esperanças...

Depois, a flebite manifestou-se: e quando esta começou a regredir, uma embolia colocou, de repente, Marceline entre a vida e a morte. Era de noite; revejo-me inclinado sobre ela, sentindo, juntamente com o seu, o meu coração parar ou reviver. Quantas noites a velei assim! O olhar obstinadamente fixado nela, esperançado, de à força de tanto a amar conseguir insinuar um pouco da minha vida na sua. E, se já não pensava muito na felicidade, a minha única triste alegria era ver, por vezes, Marceline sorrir.

O meu curso havia recomeçado. Onde encontrei forças para preparar as aulas, para as dar...? A minha lembrança perde-se e não sei como é que se sucederam as semanas. Há, no entanto, um pequeno facto que quero relatar-vos:

É uma manhã, pouco depois da embolia; estou ao pé de Marceline; ela parece um pouco melhor, mas ainda lhe é prescrita a maior imobilidade; ela não deve sequer movimentar os braços. Inclino-me para lhe dar de beber, e quando ela já bebeu e eu ainda me encontro inclinado ao seu lado, pede-me, com uma voz que a sua perturbação torna ainda mais fraca, que abra um pequeno cofre que o seu olhar me indica. O pequeno cofre está ali, sobre a mesa; abro-o; está cheia de fitas, retalhos, pequenas joias sem valor; que quererá ela? Levo a caixa para ao pé da cama; retiro todos os objetos, um por um. É isto, aquilo...? Não, ainda não; sinto-a inquietar-se um pouco. Ah, Marceline, é este pequeno rosário que queres! Ela esforça-se por sorrir.

— Receias que não cuide o suficiente de ti?

— Oh, meu amigo! — murmura ela. E vem-me à memória a nossa conversa em Biskra, a sua receosa reprovação quando me ouviu rejeitar aquilo a que chamou «a ajuda de Deus». Retomo o que estava a dizer de uma forma um pouco rude:

— Curei-me bem sozinho.

— Rezei tanto por ti — responde ela.

Profere essas palavras de uma forma tão terna, tão triste; sinto no seu olhar uma suplicante ansiedade... Pego no rosário e coloco-o na sua mão enfraquecida, que repousa sobre o lençol. Um olhar cheio de lágrimas e de amor recompensa-me — olhar esse ao qual não consigo corresponder; fico um momento por ali, sem saber o que fazer, constrangido; por fim, não aguentando mais:

— Adeus — digo-lhe, e saio do quarto furioso, como se me tivessem expulsado.

Entretanto, a embolia havia provocado perturbações bastante graves; o terrível coágulo de sangue, que o coração repelira, fatigava e congestionava os pulmões, obstruía a respiração, tornava-a penosa e sibilante. Pensava não tornar a vê-la sã. A doença entrara em Marceline, habitava nela doravante, marcava-a, manchava-a. Ela era uma coisa destruída.

III

A estação estava a tornar-se amena. Assim que o meu curso terminou, levei Marceline para La Morinière, depois de o médico dizer que o maior perigo já havia passado e que, de forma a completar a sua recuperação, apenas era necessário um ar mais saudável. Também eu sentia uma grande necessidade de descanso. Aquelas noites em claro, que fora obrigado a suportar sozinho, aquela angústia prolongada e, sobretudo, aquela espécie de empatia física que, aquando da embolia de Marceline, fizera com que até eu sentisse as terríveis palpitações do seu coração, tudo isso me havia cansado como se eu próprio tivesse estado doente.

Teria preferido levar Marceline para as montanhas; mas ela manifestou o mais vivo desejo de regressar à Normandia, alegando que nenhum clima seria melhor para ela, e lembrou-me que eu tinha de rever as duas quintas, das quais, um pouco temerariamente, me havia encarregado. Convenceu-me de que, tendo assumido essa responsabilidade, teria de ser bem-sucedido. Mal havíamos chegado, já ela estava a incitar-me a percorrer as terras… Não sei se na sua insistência amigável não havia uma grande dose de abnegação; o receio de que, caso contrário, acreditando-me retido ao seu lado pelos cuidados de que ela ainda necessitava, eu me sentisse tolhido na minha liberdade…

Marceline, no entanto, estava a melhorar; o sangue coloria de novo a sua face; e nada me tranquilizava mais do que sentir menos triste o seu sorriso; podia, sem receio, deixá-la sozinha.

Assim, regressei às quintas. Aí, estava a decorrer a apanha do primeiro feno. O ar, cheio de pólen, de fragâncias, entonteceu-me de início, como uma bebida inebriante. Pareceu-me que, desde o ano anterior, não respirava, ou que havia apenas respirado poeira, de tal forma a atmosfera em mim penetrava, melosamente. A partir do barranco onde me sentei, como se intoxicado, dominava La Morinière; via os seus telhados azuis, as águas estagnadas das suas valas; à sua volta, campos ceifados, outros cheios de erva; mais adiante, a curva do riacho; ainda mais adiante, os bosques onde, no último outono, passeara a cavalo com Charles. Os cânticos que, desde há algum tempo, eu já vinha a ouvir aproximavam-se; eram dos ceifeiros que regressavam, a forquilha ou o ancinho ao ombro. Esses trabalhadores, reconhecendo-os quase todos, fizeram-me irritantemente lembrar que eu não estava ali enquanto viajante embevecido, mas enquanto proprietário. Aproximei-me, sorri-lhes, falei com eles, inteirei-me demoradamente a respeito de cada um. Bocage, pela manhã, já me havia informado do estado das culturas; através de uma correspondência regular, ele não tinha, de resto, deixado de me manter ao corrente dos mais pequenos incidentes das quintas. A exploração não ia mal, ia mesmo muito melhor do que Bocage antecipara. Não obstante, esperava-se que eu tomasse algumas decisões importantes e, durante alguns dias, geri tudo o melhor que podia, sem prazer, mas prendendo a essa aparência de trabalho a minha vida desfeita.

Logo que Marceline se encontrou suficientemente bem para receber visitas, uns amigos vieram passar algum tempo connosco. A sua companhia afetuosa e tranquila agradou a Marceline, mas

isso fazia com que eu saísse de casa ainda com mais vontade. Preferia a companhia das pessoas da quinta; parecia-me que com elas tinha mais coisas a aprender — não que as questionasse muito, não — e dificilmente conseguirei exprimir essa espécie de alegria que sentia ao pé delas: e, ao contrário da conversa dos nossos amigos que, mesmo antes de começarem a falar, já me era completamente conhecida, a mera visão daqueles pobres camponeses causava-me um assombro contínuo.

Se, a princípio, dir-se-ia que eles pareciam responder-me com toda a condescendência que eu evitava pôr ao questioná-los, em breve passaram a suportar melhor a minha presença. Entrava cada vez mais em contacto com eles. Não contente com acompanhá-los ao trabalho, queria vê-los nas suas distrações; os seus pensamentos obtusos não me interessavam de todo, mas assistia às suas refeições, escutava os seus gracejos, observava deleitado os seus prazeres. Era uma espécie de empatia, semelhante à que fazia palpitar o meu coração perante as palpitações do coração de Marceline, era um eco imediato de cada sensação estranha — já não vago, mas preciso, agudo. Sentia nos meus braços a dor muscular do ceifeiro; cansava-me do seu cansaço; o gole de cidra que ele bebia saciava a minha sede; senti-a escorregar pela sua garganta; um dia, ao afiar a sua foice, um deles cortou profundamente o polegar; senti a sua dor, até ao osso.

Parecia-me, então, que não era já apenas a minha visão a mostrar-me a paisagem, mas que a sentia também através de uma espécie de toque que essa bizarra empatia ilimitava.

A presença de Bocage incomodava-me; quando ele chegava, tinha de fazer de proprietário, e já não encontrava qualquer prazer nisso. Eu ainda dava ordens, tinha de o fazer, e dirigia, à minha maneira, os trabalhadores; mas já não montava a cavalo, por receio

de demonstrar, em demasia, o meu domínio sobre eles. Apesar das precauções que tomei para que eles não sentissem, mais do que a conta, a minha presença, e para que não ficassem demasiado constrangidos perante mim, eu continuava perante eles, como dantes, cheio de uma curiosidade maligna. A existência de cada um deles permanecia misteriosa para mim. Parecia-me sempre que uma parte das suas vidas se escondia. O que faziam quando eu já não estava por perto? O facto de estar ali não permitia que se divertissem mais. E atribuía a cada um deles um segredo que desejava, obstinadamente, conhecer. Rondava, seguia, espiava. Apegava-me às naturezas mais frustres, como se, da sua obscuridade, esperasse, para me iluminar, um pouco de luz.

Um deles atraía-me, em particular: era bastante belo, alto, nada estúpido, mas levado unicamente pelo instinto; nunca fazia nada senão de uma forma brusca, e cedia a todo e qualquer impulso passageiro. Não era oriundo daquela região; tinha sido contratado por acaso. Era um excelente trabalhador durante dois dias, embriagava-se até à morte no terceiro. Uma noite, furtivamente, fui vê-lo ao celeiro; estava esparramado no feno; dormia num pesado sono ébrio. Quanto tempo me quedei a contemplá-lo…! Um belo dia, partiu como tinha chegado. Teria gostado de saber por que caminhos… Soube, naquela mesma noite, que Bocage o despedira.

Fiquei furioso com Bocage; mandei chamá-lo.

— Parece que despedistes Pierre — comecei eu. — Quereis dizer-me porquê?

Um pouco perplexo com a minha cólera, a qual, ainda assim, continha o melhor que podia:

— O senhor não queria conservar aqui um miserável borrachão, que corrompia os melhores trabalhadores…

— Sei melhor do que vós quem é que desejo conservar.

— Um vadio! Nem sabemos sequer de onde é que ele vem. Na região, não era bem visto... Se uma noite ele pusesse fogo ao celeiro, talvez o senhor ficasse contente.

— Isso é da minha conta, e a quinta é minha, presumo; tenciono geri-la como me apetecer. No futuro, queira ter a amabilidade de me apresentar os motivos antes de condenar quem quer que seja.

Bocage, já o referi, conhecia-me desde criança; por muito duro que fosse o tom das minhas palavras, ele amava-me demasiado para ficar muito zangado com elas. E de resto, não me levou suficientemente a sério. O camponês normando não dá, muitas vezes, qualquer crédito àquilo cujo móbil não compreende, ou seja, àquilo que não é conduzido pelo interesse. Bocage considerava aquela discussão simplesmente um capricho.

Contudo, não querendo terminar a conversa com uma repreensão, e sentindo que havia sido demasiado veemente, procurei algo que pudesse acrescentar.

— O vosso filho Charles, não está ele para regressar em breve? — decidi-me a perguntar-lhe, após um momento de silêncio.

— Pensei que o senhor já se tivesse esquecido dele, avaliando o pouco interesse que tem demonstrado por ele — disse Bocage, ainda magoado.

— Eu, esquecê-lo? E como poderia, Bocage, depois de tudo o que fizemos juntos no ano passado? Conto mesmo muito com ele para as quintas...

— O senhor é muito gentil. O Charles deve voltar dentro de oito dias.

— Bom, isso deixa-me feliz, Bocage — e dispensei-o.

Bocage tinha um pouco de razão: é claro que não me havia esquecido de Charles, mas já muito pouco interesse despertava ele em mim. Como explicar que, depois de uma camaradagem tão calorosa, eu não sentisse em relação a ele mais do que uma lamentável falta de curiosidade? É que as minhas ocupações e os meus gostos já não eram os do ano anterior. As minhas duas quintas, tive de admitir para mim próprio, já não me interessavam tanto como as pessoas que aí empregava; e, pretendendo eu frequentá-las, a presença de Charles acabaria por ser embaraçosa. Ele era demasiado razoável e fazia-se respeitar em demasia. Assim, apesar da viva emoção que a sua memória despertava em mim, via com receio o seu regresso.

Ele regressou. Ah, como o meu receio era fundado, e como Ménalque tinha razão em repudiar qualquer memória! Vi entrar, no lugar de Charles, um ridículo senhor coberto por um patético chapéu de coco. Deus meu, como ele havia mudado! Embaraçado, constrangido, tentei, contudo, não reagir com muita frieza à alegria que ele demonstrava em rever-me; mas mesmo essa alegria desagradou-me; era desajeitada e não me pareceu sincera. Tinha-o recebido na sala de estar e, como já era tarde, não conseguira distinguir bem o seu rosto; mas, quando trouxeram a lâmpada, vi com desgosto que ele havia deixado crescer as suas suíças.

A conversa, naquela noite, foi bastante monótona, depois, como sabia que ele estaria sempre nas quintas, evitei ir lá, durante quase oito dias, e restringi-me aos meus estudos e à companhia dos meus hóspedes. Mais tarde, assim que recomecei a sair, fui requisitado por uma ocupação inesperada: lenhadores haviam invadido os bosques. Todos os anos vendíamos uma parte; divididos em doze lotes iguais, os bosques forneciam anualmente, junto

com algumas jovens árvores que ninguém esperava que crescessem muito mais, alguma madeira com doze anos, que dispúnhamos em molhos.

Esse trabalho era feito no inverno, depois, antes da primavera, de acordo com os termos da venda, os lenhadores deviam dar por esvaziado o local de abate. Mas a incúria do velho Heurtevent, o negociante de madeira que dirigia a operação, era tal que, por vezes, a primavera começava quando o abate ainda estava por acabar; era já possível ver então novos e frágeis brotos a alongarem-se pelas ramadas mortas, e quando os lenhadores, por fim, procediam à remoção da madeira, não o faziam sem destruir muitos rebentos.

Nesse ano, a negligência do velho Heurtevent, o comprador, excedeu os nossos receios. Na ausência de qualquer oferta superior, tive de entregar-lhe o abate a um preço muito baixo; desse modo, certo de retirar daí sempre o seu provento, ele não teve pressa em cortar uma madeira pela qual pagara tão pouco. E, semana após semana, protelava o trabalho, usando como pretexto uma vez a ausência de trabalhadores, outra vez o mau tempo, depois um cavalo doente, serviços que precisava de prestar, outros trabalhos… Que sei eu? De tal forma que, a meio do verão, ainda nada fora removido.

Aquilo que, no ano anterior, me teria exasperado ao máximo deixou-me nesse ano bastante calmo; não escondia de mim o prejuízo que Heurtevent me causava; mas aqueles bosques, assim devastados, eram belos, e passeava por eles com prazer, espiando, vigiando a caça, surpreendendo as víboras e, por vezes, sentando-me longamente sobre um dos troncos reclinados, que parecia viver ainda, e por cujos cortes continuavam a brotar pequenos ramos verdes.

Então, de repente, a meio da primeira quinzena de agosto, Heurtevent decidiu enviar os seus homens. Vieram seis de uma vez, alegando concluir todo o trabalho em dez dias. A parte do bosque a ser explorada quase que tocava La Valterie; aceitei, para facilitar o trabalho dos lenhadores, que lhes trouxessem as refeições da quinta. Quem ficou encarregado dessa atenção foi um fulano chamado Bute, que tinha acabado de voltar da tropa completamente corrompido — refiro-me ao seu espírito, já que o seu corpo funcionava lindamente; era um dos tipos com quem mais gostava de conversar. Podia, pois, revê-lo sem que para isso tivesse de ir à quinta. Porque foi precisamente por essa altura que comecei de novo a sair. E, durante alguns dias, mal me afastei do bosque, regressando a La Morinière apenas às horas das refeições e, muitas vezes, fazendo-me esperar. Fingia fiscalizar o trabalho, mas, na verdade, só via os trabalhadores.

Juntavam-se, por vezes, a esse grupo de seis homens dois filhos de Heurtevent, um de vinte anos, o outro de quinze, esguios, encurvados, de traços rudes. Pareciam estrangeiros e, de facto, soube mais tarde que a sua mãe era espanhola. Ao princípio surpreendeu-me que ela pudesse ter vindo até aqui, mas Heurtevent, um incorrigível vagabundo na sua juventude, tinha, ao que parece, casado com ela em Espanha. Ele era, por essa razão, bastante mal visto na região. A primeira vez que encontrei o filho mais novo, recordo-me, chovia; estava sozinho, sentado no topo de uma pilha de madeira, em cima de uma carroça muito alta; e ali, todo entornado entre os ramos, cantava ou, melhor, berrava uma espécie de bizarro cântico, que eu nunca ouvira naquela região. Os cavalos que arrastavam a carroça, conhecendo o caminho, avançavam sem serem conduzidos. Não posso descrever o efeito que esse cântico produziu em mim; porque nunca ouvira nada

de semelhante senão em África… O pequeno, exaltado, parecia embriagado; quando passei por ele, nem sequer olhou para mim. No dia seguinte, soube que era um dos filhos de Heurtevent. Foi para o rever ou, pelo menos, para esperar por ele que me demorei tanto no local de abate. Logo concluíram o seu esvaziamento. Os rapazes de Heurtevent vieram apenas três vezes. Pareciam orgulhosos, e não consegui obter uma palavra deles.

Bute, por seu turno, gostava de falar; depressa lhe fiz ver que, comigo, estava à vontade para o fazer; a partir daí, mostrou-se muito desembaraçado e começou a revelar-me os podres da região. Avidamente, debrucei-me sobre o seu mistério. Por um lado, ele excedia as minhas expectativas, e por outro não me satisfazia. Era aquilo, afinal, o que rugia sob a aparência? Ou não passava tudo de uma nova hipocrisia? Não importa! Interrogava Bute como havia feito com as crónicas informes dos Godos. Dos seus relatos saía um turvo vapor de abismo que me subia à cabeça e que eu, inquietamente, inalava. Por ele soube, em primeiro lugar, que Heurtevent dormia com a filha. Temia, ao manifestar a mais pequena censura, cortar toda a confiança; limitei-me, portanto, a sorrir; a curiosidade impelia-me.

— E a mãe? Nada diz?

— A mãe! Já faz doze anos que morreu… Ele surrava-a.

— Quantos são na família?

— Cinco crianças. O senhor conhece o mais velho e o mais novo. Há ainda um de dezasseis anos, que é mais franzino, e que quer ser padre. E depois a filha mais velha já teve dois filhos do pai…

E, pouco a pouco, tomei conhecimento de uma série de outras coisas que faziam da casa dos Heurtevent um lugar escaldante, com um cheiro forte, em torno da qual, independentemente

do meu querer, a minha imaginação, como uma mosca varejeira, voejava: uma noite, o filho mais velho tentou violar uma jovem criada; e, como esta se debatesse, o pai interveio em auxílio do filho, e com as suas enormes mãos sujeitou-a; enquanto isso, o segundo filho, no andar de cima, continuava ternamente as suas orações, e o mais novo, testemunhando o drama, divertia-se. No que à violação diz respeito, afigura-se-me que ela não terá sido muito complicada, uma vez que Bute contou ainda que, pouco tempo depois, a criada, tendo-lhe tomado o gosto, tentou corromper o pequeno padre.

— E a tentativa não foi bem-sucedida? — perguntei.

— Ele ainda resiste, mas bastante menos — respondeu Bute.

— Não disseste que havia uma outra filha?

— Que vai com o primeiro que encontra; e, ainda por cima, sem pedir nada. Quando lhe apetece, é ela, pelo contrário, quem paga. Por exemplo, a coisa nunca deve ser feita em casa do pai; ele espanca qualquer um. Diz que, em família, temos o direito de fazer o que quisermos, mas que isso não é da conta dos outros. O Pierre, o tipo da quinta que o senhor despediu, não se gabou de nada, mas, uma noite, não saiu de lá sem a cabeça partida. Desde então, é no bosque do castelo que nos divertimos.

Então, e encorajando-o com o olhar:

— Já experimentaste? — perguntei.

Baixou os olhos por mera formalidade e disse, rindo:

— Algumas vezes.

Em seguida, levantando rapidamente os olhos:

— O mais novo do velho Bocage também.

— Qual mais novo do velho Bocage?

— O Alcide, o que dorme na quinta. O senhor não o conhece?

Fiquei completamente estupefacto ao saber que Bocage tinha outro filho.

— É verdade — continuou Bute — que, no ano passado, ele ainda estava em casa do tio. Mas é surpreendente que o senhor ainda não o tenha encontrado pelos bosques; quase todas as noites ele dedica-se à caça furtiva.

Bute dissera essas últimas palavras num tom mais baixo. Deu-me uma boa olhadela e eu compreendi que faria bem em sorrir. Depois Bute, satisfeito, continuou:

— O senhor saberá, por certo, que há caça furtiva nas suas terras. Bah, os bosques são tão grandes que isso não faz diferença nenhuma.

Revelei-me tão pouco desgostoso com isso que, muito rapidamente, Bute, animado e, acredito hoje, feliz por prejudicar um pouco Bocage, me mostrou, num determinado buraco, os laços armados por Alcide, indicando-me, em seguida, um lugar junto à sebe onde, muito provavelmente, poderia surpreendê-lo. Ficava no alto de um declive, e era uma estreita passagem aberta na própria sebe, através da qual Alcide costumava passar por volta das seis horas. Ali, Bute e eu, extremamente divertidos, estendemos um fio de cobre, muito bem dissimulado. Depois, fazendo-me jurar que não o denunciaria, Bute foi-se embora, receando comprometer-se. Deitei-me no outro lado do declive; esperei.

E durante três finais de tarde esperei em vão. Começava a acreditar que Bute me enganara... No quarto final de tarde, por fim, ouvi aproximarem-se passos muito leves. O meu coração bateu mais forte e, subitamente, descobri a terrível volúpia do caçador furtivo... O laço estava tão bem colocado que Alcide veio direitinho parar a ele. Vejo-o estatelar-se de repente, o tornozelo preso. Quer soltar-se, torna a cair, debate-se como uma presa

de caça. Mas já o agarrei. É um gaiato terrível, de olhos verdes, cabelo desgrenhado, com cara de espertalhão. Dá-me pontapés; depois, imobilizado, tenta morder-me e, não conseguindo, lança-me à cara as mais extraordinárias injúrias que, até então, ouvira. Por fim, já não aguento mais; desato a rir. Então, de repente, ele para, olha-me e, num tom mais baixo, diz:

— Seu bruto, aleijou-me.

— Deixa-me ver.

Baixa a meia sobre as suas galochas e mostra o tornozelo, onde mal se distingue uma ligeira marca cor-de-rosa.

— Isso não é nada.

Abre um pequeno sorriso, depois, manhosamente:

— Vou dizer ao meu pai que é o senhor que está a armar os laços.

— Ora essa, este é um dos teus!

— Por certo que não foi o senhor que pôs este aqui.

— Porque não?

— O senhor não saberia fazê-lo tão bem. Mostre-me lá como é que faz.

— Ensina-me…

Nessa noite só cheguei a casa para jantar bastante tarde e, como ninguém sabia do meu paradeiro, Marceline estava preocupada. Não lhe contei, no entanto, que tinha armado seis laços e que, ao invés de repreender Alcide, lhe havia dado dez soldos.

No dia seguinte, indo com ele examinar os seus laços, tive a alegria de encontrar dois coelhos presos nas armadilhas; naturalmente, deixei-o ficar com eles. A temporada de caça ainda não abrira. O que é que acontecia a essa caça, que não podíamos mostrar sem ela nos comprometer? Isso era o que Alcide se recusava a confessar. Acabei por saber, uma vez mais por Bute, que

Heurtevent estava à frente de um esquema de recetação, e que o mais novo dos filhos servia de intermediário entre Alcide e ele. Iria eu penetrar ainda mais no seio daquela feroz família? Com que paixão passei a dedicar-me à caça furtiva!

Encontrava-me com Alcide todos os fins de tarde; apanhávamos coelhos em grande número, e apanhámos mesmo, uma vez, uma corça: ainda estava viva. Não me lembro sem horror da alegria que Alcide teve ao matá-la. Colocámos a corça num lugar seguro, onde o filho de Heurtevent pudesse vir buscá-la, durante a noite.

A partir daí, já não saía tanto durante o dia, porque os bosques desbastados já não me atraíam tanto. Tentei mesmo trabalhar; triste trabalho sem finalidade — uma vez que, desde o fim do meu curso, me havia recusado a continuar no meu lugar de substituto; trabalho ingrato, e do qual me distraía, subitamente, com o menor canto, com o menor ruído no campo; qualquer piar se tornou para mim um chamamento. Quantas vezes não saltei eu da minha leitura para a janela, para não ver nada a acontecer! Quantas vezes saindo abruptamente... A única atenção da qual me sentia capaz era a de todos os meus sentidos.

Mas quando a noite caía — e a noite, por aquela altura, caía já cedo —, era a nossa hora, de cuja beleza não suspeitara até então; e eu saía como os ladrões entram. Tinha olhos de ave noturna. Admirava a vegetação mais móvel e mais alta, as árvores escurecidas. A noite cavava tudo, tudo afastava, tornava o solo distante e cada superfície profunda. A senda mais plana parecia perigosa. Sentia-se despertar por todo o lado aquilo que vivia de uma existência tenebrosa.

— Onde é que o teu pai acha que tu estás agora?

— A guardar os animais, no estábulo.

Alcide dormia lá, eu sabia, perto dos pombos e das galinhas; como o trancavam ali à noite, saía por um buraco no telhado; conservava nas suas roupas um cheiro quente a aves de capoeira...

Depois, de repente, e assim que a caça estava reunida, ele atirava-se para a noite como que para um alçapão, sem um gesto de despedida, sem sequer me dizer «até amanhã». Eu sabia que antes de voltar à quinta, onde os cães, por o conhecerem, se calavam, encontraria o pequeno Heurtevent e entregar-lhe-ia a sua provisão. Mas onde? Isso foi o que a minha vontade não conseguiu descobrir; ameaças, artimanhas, falharam; os Heurtevent não deixavam que se aproximassem deles. E eu não sei onde é que a minha loucura mais prevalecia: se em perseguir um mistério sem importância que fugia sempre diante de mim, se em inventar, talvez mesmo, o mistério, à força de curiosidade. Mas o que é que Alcide fazia quando me deixava? Ia realmente dormir à quinta, ou apenas fazia crer isso ao caseiro? Ah, por muito que me empenhasse, eu só conseguia diminuir ainda mais o seu respeito, sem aumentar a sua confiança; e isso enfurecia-me ao mesmo tempo que me desolava...

Quando ele partia, de repente, eu ficava terrivelmente só; e voltava a casa, caminhando através dos campos, sobre a erva pesada de orvalho, ébrio de noite, de vida selvagem e de anarquia, encharcado, enlameado, coberto de folhas. De longe, da adormecida La Morinière, parecia guiar-me, como um tranquilo farol, a lâmpada do quarto de Marceline, a quem eu havia convencido de que, sem sair um pouco à noite, não conseguiria adormecer. E isso era verdade: tinha horror à minha cama e teria preferido o celeiro.

A caça abundava naquele ano. Coelhos, lebres, faisões sucediam-se. Vendo que tudo corria bem, Bute, ao fim de três noites, ganhou o gosto de se juntar a nós.

Na sexta noite de caça furtiva, encontrámos apenas dois dos doze laços; alguém havia feito uma rusga durante o dia. Bute pediu-me cem soldos para voltar a comprar fio de cobre, uma vez que o fio de ferro não valia nada. No dia seguinte tive a satisfação de ver os meus dez laços em casa de Bocage, e tive de aprovar o seu zelo. O pior é que, no ano anterior, eu havia, irrefletidamente, prometido dez soldos por cada laço apreendido: tive, portanto, de dar cem a Bocage. Entretanto, com os seus cem soldos, Bute voltou a comprar fio de cobre. Quatro dias depois, a mesma história; dez novos laços foram apreendidos. Novamente cem soldos para Bute; novamente cem soldos para Bocage. E como eu o felicitei:

— Não sou eu — disse ele — quem deve ser felicitado. É o Alcide.

— Como?

Demasiado espanto pode perder-nos; contive-me.

— Sim — continuou Bocage —, que quereis, senhor, estou a ficar velho e tenho muito que fazer na quinta. O pequeno corre os bosques por mim; conhece-os muito bem; é espertalhão, e sabe melhor do que eu onde procurar e encontrar as armadilhas.

— Acredito piamente, Bocage.

— Assim, dos dez soldos que o senhor me paga, eu dou-lhe cinco por armadilha.

— Certamente que os merece. De facto! Vinte laços em cinco dias! Ele tem trabalhado bem. Os caçadores furtivos têm de tomar cuidado. Aposto que vão fazer uma pausa.

— Oh, senhor, quanto mais apreendemos, mais encontramos. A caça está a ser vendida a um preço elevado este ano, e pelos poucos soldos que isso lhes custa…

Sinto-me tão bem manipulado que por pouco não acreditava no conluio de Bocage. E o que me melindra neste assunto não

é o triplo comércio de Alcide, é o ver-me, desta forma, por ele enganado. E depois, o que é que eles fazem do dinheiro, Bute e ele? Não sei nada; nunca saberei nada sobre tais criaturas. Mentirão sempre; enganar-me-ão pelo simples gosto de me enganar. Naquela noite não serão cem soldos, serão dez francos que darei a Bute; adverti-lo-ei que o farei pela última vez e que se os laços forem recuperados, tanto pior.

No dia seguinte vejo chegar Bocage; parece muito irritado; rapidamente fiquei ainda mais do que ele. O que é que se passara, afinal? E Bocage dá-me conhecimento de que Bute não voltou à quinta senão ao amanhecer; Bute está bêbado que nem um cacho; às primeiras palavras que Bocage lhe dirigiu, Bute insultou-o gravemente, depois lançou-se sobre ele, agrediu-o…

— Enfim — disse-me Bocage —, vinha saber se o senhor me autoriza — permanece um instante nessa palavra —, me autoriza a despedi-lo.

— Vou pensar no assunto, Bocage. Lamento muito que ele vos tenha faltado ao respeito. Vejo… Deixe-me pensar um pouco nisso, sozinho; e volte daqui a duas horas.

Bocage saiu.

Deixar que Bute ficasse seria falhar terrivelmente para com Bocage; expulsar Bute seria impeli-lo a vingar-se. Paciência; aconteça o que acontecer, sou o único culpado… E quando Bocage voltou:

— Pode dizer a Bute que não queremos tornar a vê-lo aqui.

Depois fico à espera. O que é que Bocage faz? O que é que diz Bute? E só à noite é que me chegam alguns ecos do escândalo. Bute contou tudo. Apercebo-me disso, em primeiro lugar, pelos gritos que ouço em casa de Bocage; é o pequeno Alcide que está a ser surrado. Bocage dirige-se para aqui; acabou de chegar; ouço

o seu velho passo a aproximar-se, e o meu coração bate ainda mais forte do que batia quando caçava. O momento insuportável! Todos os grandes sentimentos serão invocados; serei obrigado a levá-lo a sério. Que explicações inventar? Não vou conseguir representar convenientemente! Ah, trocaria com gosto de papel… Bocage entra. Não compreendo absolutamente nada do que diz. É absurdo: tenho de pedir que comece de novo. No fim, sei apenas isto: ele acha que Bute é o único culpado; a incrível verdade escapa-se-lhe; porque é que eu haveria de ter dado dez francos a Bute? Ele é demasiado normando para o admitir. Os dez francos, Bute roubou-os, isso é certo; ao alegar que lhos dei, Bute acrescenta ao roubo a mentira; uma história para ocultar o seu roubo; não é a Bocage que farão o ninho atrás da orelha… A caça furtiva está fora de questão. Se Bocage bateu em Alcide, foi porque o pequeno andava a dormir fora de casa.

Vá lá, estou a salvo; quanto a Bocage, pelo menos, está tudo bem. Aquele Bute é um imbecil! Naturalmente, naquela noite não tive grande vontade de caçar às escondidas.

Pensava que já tudo tinha passado, quando, uma hora depois, eis aqui Charles. Não está com ar para brincadeiras; ao longe parece ainda mais aborrecido do que o pai. Quem diria que no ano passado…

— E então, Charles, há muito tempo que não te vemos!

— Se o senhor quisesse ver-me, só tinha de ir à quinta. Não me meto em histórias noturnas no meio do bosque, isso é um facto!

— Ah, o teu pai contou-te…

— O meu pai não me contou nada, porque o meu pai nada sabe. Que necessidade é que ele tem de saber, na sua idade, que o seu patrão se está nas tintas para ele?

— Cuidado, Charles! Estás a ir longe demais…

— Oh, é verdade, o senhor é o patrão, e faz o que bem lhe apetece.

— Charles, sabes perfeitamente que eu não fiz pouco de ninguém, e se faço o que me apetece é porque isso só a mim prejudica.

Encolheu ligeiramente os ombros.

— Como é que quer que defendamos os seus interesses quando o senhor mesmo os ataca? Não podeis proteger tanto o guarda como o caçador furtivo.

— Porque não?

— Porque então… Ah, sabe que mais, isso é tudo muito rebuscado para mim. Simplesmente não gosto de ver o meu patrão a juntar-se àqueles que apanhamos e, com eles, desfazer o trabalho que fazemos para ele.

Charles profere aquelas palavras com uma voz cada vez mais firme. A sua postura é quase nobre. Reparo que cortou as suíças. O que ele diz é, de resto, justíssimo. E como permaneço calado (o que poderia eu dizer-lhe?), ele prossegue:

— Temos deveres para com aquilo que possuímos, ensinou-me o senhor no ano passado, mas parece ter-se esquecido disso. É preciso levar esses deveres de uma forma séria e deixar de brincar com eles… Ou então não merecemos aquilo que possuímos.

Um silêncio.

— É tudo o que tinhas para me dizer?

— Por hoje, sim, senhor; mas de uma próxima vez, se o senhor a isso me levar, talvez volte para lhe dizer que o meu pai e eu deixamos La Morinière.

E saiu, despedindo-se num tom muito baixo. Mal tive tempo de refletir:

— Charles!

Ele, de facto, tem razão… Mas se é a isso que chamamos possuir!

— Charles!

Corro atrás dele; alcanço-o no meio da noite e, muito rapidamente, como se para garantir a minha decisão súbita:

— Podes dizer ao teu pai que vou pôr La Morinière à venda.

Charles cumprimenta-me gravemente e afasta-se sem dizer uma palavra.

Tudo isto é absurdo.

Marceline, nessa noite, não se sentiu em condições de descer para jantar e mandou dizer que não estava a passar bem. Subo apressada e ansiosamente ao seu quarto. Ela tranquiliza-me de imediato.

— É apenas uma constipação.

Espera ela. Apanhou frio.

— Não podias resguardar-te mais?

— E ainda assim, ao primeiro arrepio, pus o xaile.

— Não é depois do arrepio que se deve pôr o xaile; é antes.

Ela olha para mim, tenta sorrir… Ah, talvez um começo de dia tão mau me disponha à angústia… Se ela me tivesse dito em voz alta «Queres assim tanto que eu viva?», eu não a teria entendido melhor. Decididamente, tudo se desfaz ao redor de mim; de tudo o que a minha mão agarra, a minha mão nada consegue reter… Corro para Marceline e cubro de beijos as suas pálidas têmporas. Então, ela não se contém mais e soluça no meu ombro.

— Oh, Marceline, Marceline! Partamos daqui. Noutro lugar amar-te-ei como te amei em Sorrento. Pensaste que eu tinha

mudado, não foi? Mas noutro lugar sentirás verdadeiramente que nada mudou o nosso amor...

E, embora eu não tenha ainda curado a sua tristeza, como ela se agarra já à esperança!

A estação ainda não avançara muito, mas estava húmido e frio, e os últimos botões de rosa apodreciam já, sem poderem desabrochar. Os nossos convidados já há muito que nos haviam deixado. Marceline não estava assim tão mal que não pudesse ocupar-se de fechar a casa, e cinco dias depois partimos.

TERCEIRA PARTE

Procurei então, uma vez mais, ter mão sobre o meu amor. Mas para que haveria eu de querer uma felicidade tranquila? A que Marceline me dava, a que ela representava para mim, era como um repouso para alguém que não se sente cansado. Mas como a sentia exausta e necessitada do meu amor, envolvia-a e fingia que era por necessidade minha que o fazia. Sentia o seu sofrimento de uma forma intolerável; era para a curar que eu a amava.

Ah, cuidados apaixonados, afetuosas vigílias! Como outros reavivam a sua fé exagerando as suas práticas, assim aperfeiçoava eu o meu amor. E Marceline, digo-vos, depressa se agarrava de novo à esperança. Nela havia ainda tanta juventude; em mim, tantas promessas, acreditava ela. Fugimos de Paris como para uma nova lua-de-mel. Mas logo no primeiro dia de viagem ela começou a sentir-se muito pior; e tivemos de parar em Neuchâtel.

Como eu amava aquele lago com as suas glaucas margens!, sem nada de alpestre, e cujas águas, como as de um paul, longamente se misturavam com a terra, filtrando-se entre os juncos. Consegui encontrar para Marceline, num hotel muito confortável, um quarto com vista para o lago; não saía do seu lado durante todo o dia.

Ela estava tão mal que, no dia seguinte, mandei chamar um médico de Lausana. Ele preocupou-se muito em saber, escusadamente, se, na família da minha mulher, eu conhecia outros casos de tuberculose. Respondi que sim, ainda que não conhecesse nenhum; mas não gostei nada de confessar que eu próprio quase morrera desse mal, e que, antes de cuidar de mim, Marceline nunca estivera doente. Eu atribuía tudo aquilo à embolia, ainda que o médico não quisesse ver nisso senão uma causa ocasional e afirmasse que a doença datava de há mais tempo. Aconselhou-nos vivamente o ar puro dos altos Alpes, onde Marceline, asseverava, se curaria; e como, justamente, o meu desejo era passar todo o inverno no Engadine, logo que Marceline se sentiu suficientemente bem para poder suportar a deslocação voltámos a partir.

Lembro-me, como se se tivesse tratado de grandes acontecimentos, de cada sensação da viagem. O tempo estava limpo e frio; tínhamos levado os mais quentes agasalhos de pele… Em Coire, o rebuliço incessante do hotel impediu-nos quase por completo de dormir. Teria alegremente tomado parte de uma boa noite em claro e não me sentiria fatigado, mas Marceline… E não me irritava tanto o barulho, mas o facto de Marceline não ter conseguido, por causa do barulho, encontrar o sono. Logo ela, que necessitava tanto dele! No dia seguinte, partimos antes do amanhecer; tínhamos reservado lugares na carruagem de Coire; as mudas, bem organizadas, permitir-nos-iam chegar a Saint-Moritz num dia.

Tiefenkasten, a passagem de Julier, Samaden… Lembro-me de tudo, minuto a minuto; da qualidade muito diferente do ar e da sua inclemência; do som dos guizos dos cavalos; da minha fome; da paragem ao meio-dia no albergue; do ovo cru que parti na sopa, do pão escuro e da frescura áspera do vinho. Esses alimentos grosseiros não convinham muito a Marceline; ela não

conseguiu comer quase nada a não ser alguns biscoitos secos que, felizmente, eu tivera o cuidado de levar para a viagem. Revejo o cair do dia, a rápida ascensão da sombra contra as encostas das florestas; depois, mais uma paragem. O ar tornando-se cada vez mais vivo e mais intenso. Quando a carruagem para, mergulhamos completamente na noite e no silêncio límpido; límpido... não há outra palavra. O menor ruído ganha nessa estranha transparência a sua qualidade perfeita e a sua plena sonoridade. Voltamos a partir na noite. Marceline tosse... Oh!, não parará ela de tossir? Penso na carruagem de Sousse. Parece-me que tossia com mais facilidade: nela implica um esforço tão grande... Como ela parece fraca e diferente; assim, na penumbra, mal a reconheceria. Como as suas feições estão abatidas! Eram assim tão visíveis os dois buracos negros das suas narinas? Oh! Ela tosse terrivelmente! É o resultado mais evidente dos seus cuidados. Tenho horror à empatia; todos os contágios se escondem nela; não devemos sentir empatia senão pelos fortes. Oh, ela não aguenta mais, verdadeiramente! Não há maneira de chegarmos...! O que está ela a fazer? Pega no seu lenço, leva-o aos lábios, vira a cabeça... Horror! Será que também ela vai cuspir sangue? Abruptamente, arranco o lenço das suas mãos. Na meia claridade da lanterna examino-o... Nada. Mas mostrei demasiado a minha angústia; Marceline, tristemente, tenta sorrir e murmura:

— Não, ainda não.

Finalmente, chegamos. Já não era sem tempo; ela mal se aguenta de pé. Os quartos que nos prepararam não me satisfazem; passaremos ali a noite, depois, amanhã, mudaremos. Nada me parece nem suficientemente bom nem demasiado caro. E como a temporada de inverno ainda não começou, o enorme hotel encontra-se quase vazio; tenho por onde escolher. Fiquei com

dois quartos espaçosos, cheios de luz e mobilados de uma forma simples; havia uma grande sala contígua, que terminava numa ampla sacada de onde se podia ver o medonho lago azul e não sei que monte brutal, com as suas encostas demasiado arborizadas ou demasiado despidas. É ali que nos servirão as refeições. O apartamento é caríssimo, que importa?, já não tenho o meu curso, é verdade, mas mandei vender La Morinière. E depois veremos. De resto, para que é que preciso de dinheiro? Para que é que preciso de tudo isto? Sinto-me forte agora... Penso que uma completa mudança de fortuna deve educar tanto como uma completa mudança de saúde... Marceline, por seu lado, tem necessidade de luxo; está tão fraca... Ah!, por ela quero gastar tanto e tanto que... E ia ganhando, ao mesmo tempo, o horror e o gosto por esse luxo. Nele eu lavava, nele eu banhava a minha sensualidade, depois desejava-a indigente.

Entretanto, Marceline ia melhorando, e os meus constantes cuidados triunfavam. Como ela não tinha grande vontade de comer, eu encomendava, para estimular o seu apetite, iguarias delicadas, tentadoras; bebíamos os melhores vinhos. Convencia-me de que ela tirava daí um grande prazer, de tal modo eu próprio gostava dessas safras estrangeiras que experimentávamos todos os dias. Eram ásperos vinhos do Reno, *Tokaji* quase xaroposos que me enchiam da sua capitosa virtude. Lembro-me de um estranho *Barbagrisca*, do qual só restava uma garrafa, de modo que não consegui saber se o extravagante sabor que tinha poderia também ser encontrado nas outras.

Todos os dias saímos de carro; depois de trenó, quando a neve começou a cair, embrulhados até ao pescoço em agasalhos de pele. Voltava a casa com a cara a arder, cheio de apetite, depois de sono. No entanto, não renunciava por completo ao trabalho

e todos os dias arranjava mais de uma hora para pensar sobre aquilo que sentia que tinha a dizer. A História estava posta de lado; há já muito tempo que os meus estudos históricos me interessavam apenas como um meio de investigação psicológica. Já referi como é que me tinha apaixonado de novo pelo passado, quando acreditei ver nele semelhanças perturbadoras; ousava mesmo pretender, à força de perseguir os mortos, obter deles alguma indicação secreta a respeito da vida... Agora, o próprio jovem Atalarico podia, para falar comigo, erguer-se do seu túmulo; eu já não escutava o passado. E uma resposta antiga, como satisfaria ela a minha nova pergunta: Que pode ainda o homem? Eis o que me importava saber. Aquilo que o homem disse até agora, é tudo o que ele poderia dizer? Nada ignorou dele próprio? Nada lhe resta senão repetir-se...? E todos os dias crescia em mim o confuso sentimento de riquezas intactas, que cobriam, escondiam, abafavam as culturas, as decências, as morais.

Parecia-me então que eu havia nascido para uma espécie desconhecida de descobertas; e entregava-me estranhamente à minha tenebrosa investigação, para a qual, sei-o bem, o investigador deve abjurar e afastar de si mesmo a cultura, a decência e a moral.

Cheguei ao ponto de não apreciar nos outros senão as manifestações mais selvagens, a deplorar qualquer constrangimento que os reprimisse. Por pouco não me atrevi a ver na honestidade senão restrições, convenções ou medo. Gostaria de estimá-la como uma dificuldade rara; os nossos costumes tinham feito dela a forma mútua e banal de um contrato. Na Suíça, ela faz parte do conforto. Compreendia que Marceline necessitasse dela; mas não lhe escondia, apesar disso, os novos rumos dos meus pensamentos. Já em Neuchâtel, como ela elogiava essa honestidade que aí transpira das paredes e dos rostos:

— A minha basta-me perfeitamente — retorqui. — Tenho horror às pessoas honestas. Se nada tenho a temer delas, também nada tenho a aprender. E elas, de resto, nada têm a dizer... O honesto povo suíço! Portarem-se bem não lhes vale de nada... Sem crimes, sem História, sem literatura, sem arte... Uma robusta roseira, sem espinhos nem flores...

E que este país honesto me entediava, isso eu já sabia antecipadamente, mas, ao fim de dois meses, esse tédio tornou-se uma espécie de raiva, e só pensava em partir.

Encontrávamo-nos em meados de janeiro. Marceline estava melhor, muito melhor: a pouca e persistente febre que, lentamente, a havia minado tinha desaparecido; um sangue mais fresco recoloria as suas faces; caminhava novamente sem grande esforço, mas também sem exagerar; já não estava como antes, constantemente cansada. Não tive muita dificuldade em convencê-la de que todos os benefícios daquele revigorante ar já haviam sido por ela aproveitados, que nada lhe faria tanto bem agora como descer para Itália, onde a tépida benevolência da primavera completaria a sua recuperação — e, sobretudo, não tive dificuldade em me convencer a mim mesmo disso, tão farto estava daquelas alturas.

E, no entanto, agora que, na minha ociosidade, o passado que detestava recuperava a sua força, essas recordações, mais do que quaisquer outras, obcecavam-me. Corridas rápidas em trenó; alegres vergastadas do ar seco, salpicos de neve, apetite; caminhadas incertas no meio da névoa, estranhas sonoridades de vozes, bruscos aparecimentos de objetos; abrigadas leituras na sala, paisagens através dos vidros, paisagens geladas; trágica espera da neve; desaparecimento do mundo exterior, voluptuosa retração dos pensamentos... Oh!, patinar ainda com ela, lá, sozinhos,

sobre aquele pequeno e puro lago, rodeado de lariços, perdido; depois, voltar com ela, ao cair da noite…

Esta descida para Itália teve para mim toda a vertigem de uma queda. O tempo estava bom. À medida que mergulhávamos no ar mais morno e denso, as árvores rígidas dos cumes, lariços e abetos comuns, davam lugar a uma rica vegetação de delicada graça e abundância. Parecia-me trocar a abstração pela vida, e embora estivéssemos no inverno, imaginava perfumes por todo o lado. Há demasiado tempo que não nos ríamos senão para as sombras. A minha privação intoxicava-me, e era de sede que eu estava ébrio, como outros estão ébrios de vinho. O aforro de vida que tinha era admirável; no limiar dessa terra tolerante e cheia de promessas, todos os meus apetites irromperam. Uma enorme reserva de amor enchia-me; por vezes afluía das profundezas da minha carne à minha cabeça e desinibia os meus pensamentos.

Essa ilusão de primavera não durou muito. A súbita mudança de altitude pode ter-me enganado por um momento, mas assim que deixámos as abrigadas margens dos lagos Bellagio e Como, onde permanecemos por alguns dias, encontrámos de novo o inverno e a chuva. O frio que suportáramos bem em Engadin já não era agora seco e leve, como nas alturas, mas húmido e desagradável, e começou a trazer-nos algum sofrimento. Marceline voltou a tossir. Então, para fugir ao frio, descemos mais para sul; trocámos Milão por Florença, Florença por Roma, Roma por Nápoles, que, debaixo da chuva de inverno, é a cidade mais lúgubre que conheço. Arrastava comigo um tédio sem tamanho. Regressámos a Roma, procurando, à falta de calor, um resquício de conforto. Alugámos no monte Pincio um apartamento demasiado grande, mas admiravelmente situado. Já em Florença, desagradados com os hotéis, havíamos alugado por três meses uma requintada *villa*

no Viale dei Colli. Qualquer outro gostaria de viver ali para sempre... Nós não chegámos a ficar vinte dias. Porém, a cada nova etapa, tinha o cuidado de organizar tudo como se nunca mais pretendêssemos partir. Um demónio mais forte impelia-me... Acrescentem a isso o facto de termos levado connosco nada menos do que oito baús. Havia um, cheio de livros, que não abri nem uma única vez durante toda a viagem.

Não admitia que Marceline se ocupasse das nossas despesas, nem tentasse moderá-las. Que elas eram excessivas, eu sabia-o, isso era certo, bem como que não podiam durar por muito mais tempo. Deixei de contar com o dinheiro de La Morinière; ela já não rendia nada e Bocage escreveu-me a dizer que não conseguira encontrar comprador. Mas qualquer consideração sobre o futuro só me levava a gastar ainda mais. Ah, para que é que precisaria de tanto, uma vez sozinho...?, pensava eu e observava, cheio de angústia e de expectativa, diminuir, mais rapidamente ainda do que a minha fortuna, a frágil vida de Marceline.

Embora a poupasse a todas essas preocupações, as deslocações precipitadas fatigavam-na; mas aquilo que mais a fatigava, atrevo-me agora a admiti-lo, era o medo do meu pensamento.

— Vejo bem — disse-me um dia —, compreendo bem a vossa doutrina, porque ela é agora uma doutrina. É bela, talvez.

E depois acrescentou num tom mais baixo, tristemente:

— Mas suprime os fracos.

— É aquilo que é preciso — respondi imediata e quase involuntariamente.

Então pareceu-me sentir, sob o pavor das minhas brutais palavras, aquela criatura delicada retrair-se e estremecer... Ah! Talvez pensem que eu não amava Marceline. Juro-vos que a amava apaixonadamente. Nunca ela fora ou me parecera tão bela.

A doença havia subtilizado e como que extasiado os seus traços. Eu já quase não saía do seu lado, rodeava-a de contínuos cuidados, protegia-a, velava cada instante dos seus dias e das suas noites. Por muito leve que fosse o seu sono, treinei o meu a ser ainda mais leve; vigiava-a até que ela adormecesse e acordava primeiro. Quando, por vezes, deixando-a por uma hora, pretendia caminhar sozinho no campo ou pelas ruas, não sei que inquietação de amor ou receio de um desgosto seu rapidamente me chamava de volta a ela; e às vezes apelava à minha vontade, protestava contra esse ascendente, dizia para mim mesmo: «é isso que vales, falso grande homem!», e forçava-me a fazer durar a minha ausência; mas depois voltava com os braços cheios de flores, flores de jardim temporão ou flores de estufa… Sim, digo-vos eu, amava-a ternamente. Mas como expressar o que sentia… À medida que me respeitava menos, venerava-a mais; e quem poderá dizer quantas paixões e quantos pensamentos inimigos podem coabitar no homem…

O mau tempo há muito que havia cessado; a estação avançava; e, de repente, as amendoeiras floriram. Era o primeiro dia de março. Desço pela manhã à praça de Espanha. Os camponeses despojaram o campo dos seus ramos brancos, e as flores de amendoeira carregam os cestos dos vendedores. O meu deleite é tal que compro um sem-número delas. Três homens carregam-nas para mim. Reentro em casa com toda essa primavera. Os ramos prendem-se nas portas, pétalas nevam no tapete. Espalho-as por todos os lados, em todos os vasos; visto de branco a sala de estar, da qual Marceline está, de momento, ausente. Alegro-me já com a sua alegria… Ouço-a chegar. Ei-la. Abre a porta. Cambaleia… Desfaz-se em lágrimas.

— O que se passa, minha pobre Marceline?

Apresso-me a chegar até ela; cubro-a de ternas carícias. Então, como que para se desculpar das suas lágrimas:

— O aroma destas flores faz-me mal — diz ela.

E era um subtil, um discreto aroma a mel… Sem nada dizer, recolho aqueles frágeis ramos inocentes, parto-os, levo-os dali, deito-os fora, exasperado, os olhos injetados de sangue. Ah, se nem aquele pouco de primavera ela consegue já suportar…!

Penso muitas vezes naquelas lágrimas e creio agora que, sentindo-se já condenada, era de saudade de outras primaveras que ela chorava. Penso também que existem alegrias fortes para os fortes, e alegrias fracas para os fracos a quem as alegrias fortes podem ferir. A ela, um pouco de prazer saciava-a; um pouco de brilho a mais, e ela já não conseguia suportá-lo. Àquilo a que ela chamava de felicidade eu chamava de repouso, e eu não queria nem podia repousar.

Quatro dias depois partimos de novo para Sorrento. Fiquei dececionado por não encontrar aí mais calor. Tudo parecia tiritar. O vento, que não parava de soprar, fatigava muito Marceline. Quisemos ficar no mesmo hotel da nossa viagem anterior; encontrámos o mesmo quarto… Sob o céu baço, olhámos com assombro todo o cenário desencantado, o sombrio jardim do hotel que nos parecera tão encantador quando nele passeava o nosso amor.

Resolvemos ir por mar até Palermo, cujo clima tanto ouvíramos gabar; regressámos a Nápoles, de onde deveríamos embarcar, e demorámo-nos por ali alguns dias. Mas em Nápoles, pelo menos, eu não me aborrecia. Nápoles é uma cidade viva onde o passado não se impõe.

Ficava perto de Marceline durante quase todos os momentos do dia. À noite, cansada, deitava-se cedo; vigiava-a até que

adormecesse e, por vezes, também eu me deitava, depois, quando a sua respiração mais compassada me alertava para o facto de ela estar a dormir, levantava-me silenciosamente, vestia-me às escuras; esgueirava-me dali para fora como um ladrão.

Fora! Oh! Teria gritado de alegria. Que iria fazer? Não sei. O céu, escuro durante o dia, tinha-se libertado das nuvens; a lua, quase cheia, brilhava. Caminhava ao acaso, sem rumo, sem pretensões, sem restrições. Olhava para tudo com um novo olhar; escutava cada som com um ouvido mais atento; aspirava a humidade da noite; pousava a minha mão sobre as coisas; vagueava.

Na última noite que passámos em Nápoles, prolonguei esse excesso vagabundo até ao amanhecer. Ao chegar a casa, encontrei Marceline em lágrimas. Ficara assustada, disse-me, ao acordar subitamente e ao não me encontrar ali. Acalmei-a, expliquei a minha ausência o melhor que pude e prometi não voltar a deixá-la. Mas na primeira noite em Palermo não aguentei; saí… As primeiras laranjeiras floresciam; o mais pequeno sopro trazia o seu aroma…

Ficámos em Palermo apenas cinco dias; depois, procedendo a um grande desvio, chegámos a Taormina, que ambos desejávamos rever. Já mencionei o facto de a aldeia se encontrar a uma altura bastante elevada, empoleirada na montanha; a estação fica à beira-mar. A carruagem que nos conduziu ao hotel teve, logo de seguida, de me levar novamente à estação onde fui buscar os nossos baús. Pus-me de pé dentro do veículo para conversar com o cocheiro. Era um jovem siciliano da Catânia, belo como um verso de Teócrito, radiante, perfumado, saboroso como um fruto.

— *Come'è bella la Signora* — disse ele, com uma voz encantadora, ao ver Marceline afastar-se.

— *Anche tu sei bello, ragazzo* — respondi.

Como estava inclinado para ele, não consegui conter-me e, rapidamente, puxando-o contra mim, beijei-o. Ele deixou-se beijar, rindo.

— *I Francesi sono tutti amanti* — disse.

— *Ma non tutti gli Italiani amati* — retorqui, rindo também.

Procurei-o nos dias seguintes, mas não consegui voltar a vê-lo.

Trocámos Taormina por Siracusa. Refazíamos, passo a passo, a nossa primeira viagem, voltávamos ao início do nosso amor. E se, de semana em semana, aquando da nossa primeira viagem, eu caminhava para o restabelecimento da minha saúde, também de semana em semana, à medida que avançávamos para sul, o estado de Marceline agravava-se.

Com que aberração, com que obstinada cegueira, com que loucura voluntária me convencia eu, e sobretudo procurava convencer Marceline, de que o que ela necessitava era ainda de mais luz e calor, invocando a memória da minha convalescença em Biskra…? O ar, no entanto, tinha-se tornado mais morno; a baía de Palermo é amena e o lugar agradava a Marceline. Ali, talvez, ela pudesse… Mas era eu senhor de escolher a minha vontade, de decidir o meu desejo?

Em Siracusa, o estado do mar e o serviço irregular dos navios obrigou-nos a esperar oito dias. Todos os momentos que não passei perto de Marceline passei-os no velho porto. Ó pequeno porto de Siracusa!, cheiro de vinho azedo, vielas lamacentas, fétidas barracas por onde circulavam estivadores, vagabundos, marinheiros avinhados. A pior gente era para mim uma companhia deleitável. E que necessidade tinha eu de compreender bem a sua linguagem, quando toda a minha carne a saboreava. A brutalidade

da paixão tinha ainda ali, aos meus olhos, um hipócrita aspeto de saúde, de vigor. E por muito que dissesse a mim mesmo que a sua vida miserável não podia ter para eles o gosto que tinha para mim... Ah, como eu gostaria de rebolar com eles por baixo das mesas e não acordar senão sob o arrepio frio da manhã! E exacerbei junto deles o meu crescente horror ao luxo, ao conforto, a tudo aquilo de que me tinha rodeado, a essa proteção que a minha nova saúde havia tornado inútil, a todas essas precauções que tomamos para preservar o corpo do contacto perigoso da vida. A minha imaginação acompanhava mais longe as suas existências. Gostaria de tê-los seguido, de penetrar na sua embriaguez... Depois, de repente, lembrei-me de Marceline. O que estaria ela a fazer naquele momento? Sofreria, choraria talvez... Levantei-me sem perder tempo; corria; voltava ao hotel, onde, sobre a porta, parecia estar escrito «aqui os pobres não entram».

Marceline acolhia-me sempre da mesma maneira; sem uma palavra de censura ou de dúvida, e esforçando-se, apesar de tudo, por sorrir. Tomávamos as nossas refeições separadamente; mandava que lhe servissem tudo o que de melhor aquele medíocre hotel tinha para oferecer. E, durante a refeição, pensava: um pedaço de pão, de queijo, um pé de funcho bastar-lhes-ia e bastar-me-ia a mim também. E talvez ali, ali bem perto, haja alguns com fome e que não tenham sequer esse magro alimento... E eis aqui, sobre a minha mesa, o suficiente para os saciar durante três dias! Teria gostado de derrubar as paredes, de deixar afluir os convivas... Porque sentir que se sofria de fome estava a tornar-se para mim uma angústia terrível. E voltava ao velho porto onde espalhava, ao acaso, as pequenas moedas que enchiam os meus bolsos.

A pobreza do homem é escrava; para comer, ele aceita um trabalho que não lhe dá qualquer prazer; todo o trabalho que não

traz em si alegria é lamentável, pensava eu, e pagava pelo repouso de muitos. Dizia: «Não trabalhes, então: isso aborrece-te.» Sonhei para todos o lazer sem o qual nenhuma novidade, nenhum vício, nenhuma arte, pode florescer.

Marceline não se equivocava em relação ao meu pensamento; quando voltava do velho porto, não lhe escondia a triste gente de que me rodeava. Tudo está no homem. Marceline entrevia bem aquilo que eu me obstinava em descobrir; e como se a censurasse por acreditar, demasiadas vezes, em virtudes que ela inventava à medida de cada criatura:

— Vós, vós não ficais felizes — disse-me — senão quando os fazeis mostrar-vos algum vício. Não compreendeis que o nosso olhar extrapola, exagera em cada um o ponto sobre o qual se fixa, e que nós fazemos com que ele se torne aquilo que pretendemos que ele seja?

Gostaria que ela não tivesse razão, mas tive de admitir para mim próprio que, em cada criatura, o pior instinto parecia-me o mais sincero. E depois, a que é que eu chamava de sinceridade?

Deixámos, por fim, Siracusa. A recordação e o desejo do Sul obcecavam-me. No mar, Marceline sentia-se melhor... Revejo o tom do mar. Está tão calmo que a esteira do navio parece perdurar. Ouço o barulho da água a escoar, os barulhos líquidos; a lavagem do convés, e sobre as tábuas o bater dos pés descalços dos lavadores. Revejo Malta, toda branca; a aproximação a Tunes... Como estou mudado!

Está calor. O tempo está lindo. Tudo é esplêndido. Ah! Gostaria que em cada frase, aqui, toda uma colheita de volúpia se destilasse... Em vão procuraria agora impor à minha narrativa mais ordem do que aquela que houve na minha vida. Há muito tempo procurei dizer-vos como me tornei naquilo que sou.

Ah! Desembaraçar o meu espírito dessa lógica insuportável…! Nada sinto em mim que não seja nobre.

Tunes. Luz mais abundante do que forte. A sombra ainda está cheia dela. O próprio ar parece um fluido luminoso onde tudo se banha, onde se mergulha, onde se nada. Essa terra de volúpia satisfaz, mas não apazigua o desejo, e toda a satisfação o exalta.

Terra vazia de obras de arte. Desprezo aqueles que não sabem reconhecer a beleza senão quando esta já está transcrita e completamente interpretada. O povo árabe tem isso de admirável, a sua arte, ele vive-a, canta-a e dissipa-a no seu dia-a-dia; não a fixa nem a embalsama numa obra. Essa é a causa e o efeito da ausência de grandes artistas… Sempre acreditei que os grandes artistas são aqueles que ousam dar foros de beleza a coisas tão naturais que, quem depois as vê, pode dizer: «Como é que eu não havia percebido até então que também isso era belo…?»

Em Cairuão, que ainda não conhecia, e aonde fui sem Marceline, a noite estava belíssima. No momento em que regressava ao hotel para dormir, lembro-me de ter visto um grupo de árabes deitados ao ar livre, sobre as esteiras de um pequeno café. Fui dormir ao lado deles. Voltei coberto de bichos.

O calor húmido da costa enfraqueceu muito Marceline, e eu convenci-a de que aquilo de que precisávamos era de chegar a Biskra o mais depressa possível. Estávamos no início de abril.

Essa é uma viagem muito longa. No primeiro dia, viajámos de uma assentada até Constantina; no segundo dia, Marceline estava muito cansada e só conseguimos ir até El Kantara. Aí procurámos e encontrámos, à tardinha, uma sombra mais deliciosa e mais fresca do que a luz da lua, à noite. Ela era como uma bebida inesgotável; escorria até nós. E do declive onde estávamos sentados, víamos a planície abrasada. Nessa noite, Marceline não

conseguiu dormir; a estranheza do silêncio e os mais pequenos ruídos inquietavam-na. Receava que ela estivesse com um pouco de febre. Ouvi-a revolver-se na sua cama. Na manhã seguinte, encontrei-a mais pálida. Partimos de novo.

Biskra. É ali, portanto, que quero chegar... Sim, eis o jardim público; o banco... Reconheço o banco em que me sentei nos primeiros dias da minha convalescença. Que lia eu então...? Homero; desde aí que não voltei a abri-lo. Eis a árvore cuja casca apalpei. Como estava fraco nessa altura...! Aqui, eis alguns meninos... Não, não reconheço nenhum deles. Como Marceline está séria! Ela está tão mudada como eu. Porque tossirá assim, com um tempo tão bom? Eis o hotel. Eis os nossos quartos; os nossos terraços. Em que pensa Marceline? Não me disse uma palavra. Assim que chega ao seu quarto, deita-se na cama; está cansada e diz querer dormir um pouco. Eu saio.

Não reconheço os meninos, mas os meninos reconhecem-me. Avisados da minha chegada, acorrem todos. Será possível que sejam eles? Que desilusão! O que é que aconteceu? Estão todos terrivelmente crescidos. Em pouco mais de dois anos — não é possível... Que fadigas, que vícios, que preguiças inscreveram já tanta fealdade naqueles rostos onde tanta juventude eclodia? Que vis trabalhos deformaram tão cedo aqueles belos corpos? Há neles como que uma falência... Pergunto. Bashir lava pratos num café; Ashour ganha, arduamente, alguns soldos a limpar as estradas de pedras; Hammatar perdeu um olho. Quem diria? Sadeck ganhou juízo; ajuda um irmão mais velho a vender pão no mercado; tem agora um ar estúpido. Agib estabeleceu-se como talhante e trabalha com o pai; está gordo; está feio; está rico; já não fala com os seus companheiros desclassificados... Como as profissões respeitáveis embrutecem! Encontrarei, portanto, entre

eles aquilo que eu odiava em nós? Boubaker? Casou-se. Não tem sequer quinze anos. É grotesco. Mas, não; revi-o nessa noite. Ele próprio se explica: o seu casamento é apenas uma fachada. Ele é, creio, um debochado inveterado. Mas bebe demais, deforma-se… E é isto, então, tudo o que resta? Eis o que a vida faz! Sinto na minha intolerável tristeza que eram eles, sobretudo, que eu vinha rever. Ménalque tinha razão: a memória é uma invenção da infelicidade.

E Moktir? Ah, esse acabou de sair da prisão. Anda escondido. Os outros já não se dão com ele. Gostaria de revê-lo. Era o mais belo de todos; dececionar-me-á ele também…? Encontram-no. Trazem-no até mim. Não, este não me falhou. Nem mesmo a minha memória o representava tão soberbo. A sua força e a sua beleza são perfeitas… Ao reconhecer-me, sorriu.

— E o que é que fazias antes de seres preso?

— Nada.

— Roubavas?

Diz que sim.

— O que é que fazes agora?

Ele sorri.

— Ei, Moktir! Se não tens nada para fazer, vens connosco a Touggourt.

E, de repente, sinto-me tomado pelo desejo de ir a Touggourt.

Marceline não está nada bem; não sei o que é que se passa com ela. Quando regresso ao hotel, nessa noite, ela aperta-se contra o meu corpo, sem dizer nada, os olhos fechados. A manga larga, um pouco arregaçada, deixa ver o seu braço emagrecido. Acaricio-a e embalo-a durante muito tempo, como a uma criança que se quer pôr a dormir. Será o amor, ou a angústia, ou a febre que a faz tremer assim…? Ah, talvez ainda haja tempo… Será que não pararei

nunca? Procurei, encontrei aquilo que constitui a minha força: uma espécie de teimosia no seu pior. Mas como conseguirei eu dizer a Marceline que amanhã partimos para Touggourt...?

De momento, ela dorme no quarto ao lado. A lua, há muito tempo suspensa, inunda agora o terraço. É uma claridade quase assustadora. Não nos podemos esconder dela. O meu quarto tem ladrilhos brancos, e aí, sobretudo, ela reflete-se com mais intensidade. A sua torrente de luz entra pela janela escancarada. Reconheço a claridade no quarto e a sombra que nela desenha a porta. Há dois anos — quando me levantei, desistindo de dormir —, essa claridade começava mais à frente... Sim, exatamente por onde avança agora. Encostei então o meu ombro contra a couceira daquela porta. Reconheço a imobilidade das palmeiras... Que palavras lera eu naquela noite...? Ah, sim! As palavras de Cristo a Pedro: «Quando eras mais novo, tu mesmo te cingias e andavas por onde querias...» Aonde é que vou? Aonde é que quero ir...? Não vos disse que, de Nápoles, da última vez, tinha ido a Pesto, um dia, sozinho... Ah, teria chorado diante daquelas pedras! A beleza antiga ressurgiu, simples, perfeita, sorridente — abandonada. A arte deixa-me, sinto-o. Para dar lugar a quê? Já não é, como antes, uma sorridente harmonia... Já não sei a que deus tenebroso sirvo. Ó Deus novo!, permite que eu conheça ainda raças novas, tipos imprevistos de beleza.

No dia seguinte, ao amanhecer, a carruagem leva-nos. Moktir está connosco. Moktir está feliz como um rei.

Chegga; Kefeldorh'; M'reyer... Monótonas etapas na estrada ainda mais monótona, interminável. Confesso que havia imaginado que esses oásis seriam muito mais graciosos. Mas nada senão pedra e areia; depois, alguns arbustos anões estranhamente floridos; por vezes, uma amostra de palmeiras alimentadas

por uma nascente escondida... Ao oásis prefiro agora o deserto... Essa região de glória mortal e de intolerável esplendor. O esforço do homem parece ali feio e miserável. Agora qualquer outra terra me aborrece.

— Amais o inumano — diz-me Marceline.

Mas como ela própria olha para ele! E com que avidez!

No segundo dia, o tempo piora um pouco; isto é, levanta-se vento e o horizonte torna-se baço. Marceline sofre; a areia que respiramos queima, irrita-lhe a garganta; a luz excessiva cansa-lhe os olhos; aquela paisagem hostil mortifica-a. Mas agora é demasiado tarde para regressar. Dentro de algumas horas estaremos em Touggourt.

É dessa última parte da viagem, a mais próxima ainda assim, que me lembro menos bem. É-me impossível, agora, rever as paisagens do segundo dia e o que fiz primeiro ao chegar a Touggourt. Mas aquilo de que ainda me lembro é do quão grandes eram a minha impaciência e a minha precipitação.

Fizera muito frio pela manhã. À tardinha, levantou-se um simum[7] abrasador. Marceline, extenuada pela viagem, deitou-se assim que chegámos. Eu tinha esperança de encontrar um hotel um pouco mais confortável; o nosso quarto é pavoroso; a areia, o sol e as moscas mancharam tudo, tudo sujaram e escureceram. Não tendo comido quase nada desde o nascer do dia, mando servir de imediato a refeição; mas tudo parece mau a Marceline e não consigo convencê-la a comer. Trouxemos connosco com que fazer um chá. Ocupo-me desses cuidados irrisórios. Contentamo-nos, para jantar, com alguns bolos secos e com aquele chá, ao qual a água salgada da região emprestou o seu sabor detestável.

---

[7] Vento abrasador que em África sopra do Sul para o Norte. [*N. do T.*]

Para uma última aparência de virtude, fico junto dela até à noite. E, de repente, sinto-me como se eu mesmo estivesse no limite das minhas forças. Ó gosto de cinzas! Ó lassidão! Tristeza do esforço sobre-humano! Mal ouso olhar para ela; sei muito bem que os meus olhos, em vez de procurarem o seu olhar, se fixarão horrivelmente nos buracos negros das suas narinas; a expressão no seu rosto sofredor é atroz. Ela também não olha para mim. Sinto, como se pudesse tocá-la, a sua angústia. Ela tosse muito; depois adormece. Por vezes, um brusco arrepio sacode-a.

A noite pode ser terrível e, antes que seja tarde demais, quero saber a quem poderei recorrer. Saio. Diante da porta do hotel, a praça de Touggourt, as ruas, a própria atmosfera são estranhas ao ponto de me fazerem crer que não sou eu quem, verdadeiramente, as vê. Regresso passados alguns instantes. Marceline dorme tranquilamente. Assustei-me sem motivo; naquela estranha terra, vemos perigo em todo o lado; é absurdo. E, suficientemente tranquilizado, volto a sair.

Estranha animação noturna na praça, circulação silenciosa; esgueirar clandestino de albornozes brancos. O vento arranca, de vez em quando, estranhos pedaços de música e trá-los não sei de onde. Alguém se aproxima de mim… É Moktir. Esperava-me, diz ele, tinha a certeza de que eu voltaria a sair. Ri. Conhece bem Touggourt, vem aqui muitas vezes e sabe para onde me leva. Deixo-me arrastar por ele.

Caminhamos na noite; entramos num café mouro; é dali que vinha a música. Mulheres árabes dançam — se é que se pode chamar dança a esse monótono deslizar. Uma delas leva-me pela mão; sigo-a; é a amante de Moktir; ele acompanha-nos… Entramos os três no quarto estreito e fundo onde o único móvel é

uma cama… Uma cama muito baixa, sobre a qual nos sentamos. Um coelho branco, fechado no quarto, assusta-se a princípio, depois familiariza-se e vem comer à mão de Moktir. Trazem-nos café. Então, enquanto Moktir brinca com o coelho, aquela mulher puxa-me para si, e eu entrego-me a ela como quem se entrega ao sono…

Ah, poderia aqui fingir ou calar-me — mas que importância tem para mim este relato se ele deixar de ser verdadeiro…?

Regresso sozinho ao hotel, e Moktir passa a noite no café. É tarde. Sopra um siroco árido; é um vento carregado de areia, e tórrido apesar da noite. Depois de quatro passos, estou banhado em suor; mas sinto, de repente, muita pressa em voltar para o hotel, e é quase em passo de corrida que regresso. Talvez ela tenha acordado… Talvez precise de mim… Não; a janela do quarto está às escuras. Aguardo uma breve pausa do vento para entrar; faço-o muito suavemente na escuridão. Que barulho é esse…? Não reconheço a sua tosse… Acendo a luz.

Marceline está meio sentada na cama; um dos seus magros braços agarra-se às barras da cama, mantendo-a erguida; os lençóis, as suas mãos, a camisa de noite estão inundados por uma torrente de sangue; o seu rosto está todo sujo; os olhos, horrivelmente dilatados; e qualquer grito de agonia assustar-me-ia menos do que o seu silêncio. Procuro no seu rosto transpirado um pequeno lugar onde depositar um aterrorizado beijo; o sabor do seu suor fica nos meus lábios. Lavo e refresco-lhe a fronte, as faces… Contra a cama, alguma coisa dura sob o meu pé: baixo-me e apanho o pequeno rosário que ela reclamara naquele dia em Paris, e que deixara agora cair; coloco-o na sua mão aberta, mas a sua mão não tem força para se segurar e logo deixa novamente cair o rosário. Não sei o que fazer: gostaria de pedir ajuda… A sua

mão agarra-se a mim desesperadamente, retém-me; ah!, achará ela que a quero deixar? Diz-me:

— Oh! Espera um pouco mais.

Percebe que eu quero dizer algo:

— Não digas nada — acrescenta —, está tudo bem.

Apanho de novo o rosário; volto a pô-lo na sua mão, mas, uma vez mais, ela deixa-o cair — que digo eu?, ela fá-lo cair. Ajoelho-me ao seu lado e aperto a sua mão contra mim.

Ela deixa-se ficar, metade do seu corpo contra a almofada e a outra metade contra o meu ombro, parece dormir um pouco, mas os seus olhos permanecem bem abertos.

Uma hora depois volta a endireitar-se; a sua mão liberta-se das minhas, agarra-se à sua camisa de noite e rasga-lhe as rendas. Ela sufoca. Quase ao raiar do dia, um novo vómito de sangue…

Acabei de contar-vos a minha história. Que mais poderei eu acrescentar? O cemitério francês de Touggourt é hediondo, meio devorado pelas areias… A pouca vontade que me restava empreguei-a toda a arrancá-la daqueles lugares de infortúnio. É em El Kantara que descansa, à sombra de um jardim particular que ela amava. Sobre tudo o que aconteceu passaram apenas três meses. Esses três meses parecem distar do que aconteceu dez anos.

Michel ficou muito tempo em silêncio. Também permanecemos calados, cada um de nós preso num estranho mal-estar. Pareceu-nos, lamentavelmente, que, ao contá-la, Michel tornara a sua ação mais legítima. O facto de não sabermos como desaprová-la, ao longo da lenta explicação que ele deu, fez de nós quase

seus cúmplices. Estávamos como que comprometidos. Ele havia terminado esse relato sem um tremor na sua voz, sem que uma inflexão ou um gesto mostrasse que uma emoção, fosse ela qual fosse, o perturbava, seja porque colocara aí um orgulho cínico em não parecer comovido, seja porque receasse, por uma espécie de pudor, provocar a nossa emoção com as suas lágrimas, seja, por fim, porque não se encontrava verdadeiramente comovido. Não consigo distinguir nele, mesmo agora, a parte de orgulho, de força, de frieza ou de pudor. Passado algum tempo, retomou:

O que me assusta é, confesso, ser ainda muito novo. Por vezes parece-me que a minha verdadeira vida ainda não começou. Arranquem-me daqui agora, e dêem-me razões para existir. Eu já não consigo encontrá-las. Libertei-me, é possível; mas o que é que isso importa? Sofro dessa liberdade sem propósito. Não é, acreditem-me, que eu esteja cansado do meu crime, se quiserem chamar-lhe assim — mas tenho de provar a mim mesmo que não fui além do meu direito.

Tinha, quando vocês e eu nos conhecemos, uma grande rigidez de pensamento, e sei que é isso que faz os verdadeiros homens; já não a tenho. Mas este clima, creio, é a causa disso. Nada desencoraja tanto o pensamento como esta persistência de azul. Aqui, toda a investigação é impossível, de tal forma a volúpia segue de perto o desejo. Rodeado de esplendor e de morte, sinto a felicidade demasiado presente e o abandono a ela demasiado uniforme. Deito-me a meio da tarde para enganar a duração monótona dos dias e o seu insuportável lazer.

Tenho ali, vejam, seixos brancos que deixo a arrefecer na sombra depois de os ter segurado longamente na palma da mão, até que a frescura calmante por eles adquirida se tenha esgotado por completo. Então, começo de novo, alternando os seixos,

voltando a pôr a arrefecer na sombra aqueles que perderam a sua frialdade. O tempo passa, e a noite chega… Arranquem-me daqui; não o consigo fazer por mim mesmo. Algo na minha vontade se partiu; nem sei mesmo onde encontrei forças para me afastar de El Kantara. Por vezes tenho medo de que aquilo que suprimi se vingue. Gostaria de começar de novo. Gostaria de me desembaraçar do que resta da minha fortuna; vejam, estas paredes ainda estão cobertas… Aqui vivo com quase nada. Um estalajadeiro meio-francês prepara-me alguma comida. O menino que fugiu quando vocês entraram é quem ma traz, à noite e de manhã, em troca de alguns soldos e de carícias. Esse menino, que, diante de estranhos, se torna selvagem, é comigo manso e fiel como um cão. A sua irmã é uma Ouled Naïl[8], que, todos os invernos, vai para Constantina, onde vende o seu corpo àqueles que passam. Ela é muito bonita, e eu consentia, nas primeiras semanas, que, por vezes, ela passasse a noite comigo. Mas uma manhã, o seu irmão, o pequeno Ali, apanhou-nos a dormir juntos. Ficou muito irritado e não quis voltar durante cinco dias. E, no entanto, ele não ignora como ou do que é que vive a sua irmã; já antes me falava disso num tom de voz que não indicava qualquer constrangimento… Teria ele ciúmes? Em todo o caso, esse malandreco conseguiu o que queria; pois, um pouco por tédio, um pouco por receio de perder Ali, depois desse incidente não voltei a ficar com a rapariga. Ela não se zangou com isso, mas, sempre que a encontro, ri e brinca, dizendo que prefiro o irmão a ela. Ela afirma que é sobretudo ele que me retém aqui. Talvez tenha alguma razão…

---

[8] Povo seminómada ou nómada que vive na cordilheira Ouled Naïl, Argélia. [*N. do T.*]